ÉMILE DE MOLÈNES

# LA
# DERNIÈRE HÉLOISE

## HISTOIRE CONTEMPORAINE

PARIS

GEORGES DECAUX, ÉDITEUR

7, RUE DU CROISSANT, 7

—

1877

## BIBLIOTHÈQUE MODERNE A 3 FR. LE VOLUME

OUVRAGES EN VENTE

H. BABOU. — *Les Prisonniers du 2 Décembre.*

CARLISLE. — *Autour du Monde*, voyage traduit de l'anglais, par G. Marcel.

G. DE CHERVILLE. — *Pauvres bêtes et pauvres gens.*

JULES CLARETIE. — *Cinq ans après*, l'Alsace et la Lorraine depuis l'annexion.

LOUIS COMBES. — *Épisodes et Curiosités révolutionnaires*, nouvelle édition augmentée.

RICHARD CORTAMBERT. — *Un Drame au fond de la Mer.*

GUSTAVE GRAUX. — *Jean Margarit*, roman.

L. JACOLLIOT. — *Voyage au pays de la liberté*, la vie communale aux États-Unis.

HIPPOLYTE MAGEN. — *Histoire populaire de la Révolution française de 1789 à 1799.*

— *Histoire populaire du Consulat, de l'Empire et des Cent-Jours.*

EUGÈNE MULLER. — *Le Champ maudit*, roman.

NADAR. — *Histoires buissonnières.*

PAUL PARFAIT. — *L'Arsenal de la dévotion*, 1re partie : Les Amulettes.

— *L'Arsenal de la Dévotion.* 2e partie : Les Reliques et les Pélerinages.

ANTONIN PROUST. — *Le Prince de Bismarck*, sa correspondance.

TONY RÉVILLON. — *L'Exilé*, roman.

JEAN RICHEPIN. — *La Chanson des gueux.*

— *Les Morts bizarres*, nouvelles.

— *Les Caresses*, poésies.

ÉDOUARD SIEBECKER. — *Les Fédérés Blancs*, roman.

E. SPULLER. *Ignace de Loyola et la Compagnie de Jésus.*

WUTTKE. — *Le Fonds des Reptiles.*

Clichy. — Impr. PAUL DUPONT, 12, rue du Bac-d'Asnières

LA

# DERNIÈRE HÉLOISE

## DU MÊME AUTEUR.

*En vente :*

DESCLÉE, biographie et souvenirs, 1 vol. in-18, orné d'un
portrait à l'eau-forte. Prix............... 3 fr. 50 c.

*Pour paraître prochainement :*

LE DOMINO BLEU, Scènes de la vie réelle.

LA SUITE DE PALOTTE, deuxième série du *Pays du mal.*

LÉGENDES SACRÉES ET NOUVELLES PROFANES.

Clichy. — Impr. PAUL DUPONT, 12, rue du Bac-d'Asnières. (1771, 76.)

ÉMILE DE MOLÈNES

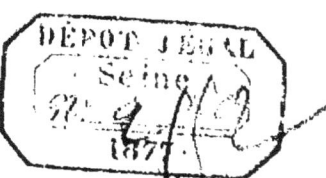

LA

# DERNIÈRE HÉLOÏSE

HISTOIRE CONTEMPORAINE

PARIS

GEORGES DECAUX, ÉDITEUR

7, RUE DU CROISSANT, 7

1877

# AVANT-PROPOS

Un livre portant ce même titre : *la Dernière Héloïse*, a paru au dix-huitième siècle. Il ne m'a pas été donné de le lire.

Celui-ci, d'inspiration toute moderne, sans prétention philosophique aucune, ne saurait avoir, avec le passé, d'autre analogie que celle d'un prénom rendu fameux par les souvenirs du plus ardent mysticisme.

Me trouvant ainsi en dehors de toute préoccupation étrangère, le but que j'ai presque exclusivement poursuivi est celui d'une peinture exacte, immédiate, attachante, dramatique...

Mais je ne me dissimule pas les difficultés d'une semblable tâche. Quelque effort que j'aie fait pour atteindre ce but, je prends néanmoins la liberté de mettre cet ouvrage sous la protection des lecteurs qui, tant à l'Etranger qu'en France, ont accueilli avec la bienveillance la plus flatteuse mon premier récit qui avait pour titre : *Pâlotte*, ainsi que l'étude dramatique inspirée par la mort de notre grande comédienne : *Desclée*.

Finalement, je recommande *la Dernière Héloïse* aux personnes qui recueillirent quelques échos lointains de ce drame, lors de son funèbre dénoûment. La part d'invention dont j'ai environné mon sujet témoignera heureusement, je l'espère, de mon respect pour une passion digne des premiers âges, que la mort des héros et des martyrs a, seule, pu éteindre.

De Molènes.

# DERNIÈRE HÉLOÏSE

## PREMIÈRE PARTIE

### LES PICOURDAN ET LES MARMIGNAC.

Jamais la chapelle des Jésuites ne fut plus parée que ce jour-là. Le révérend frère sacristain n'avait rien négligé, pour donner à la fête un caractère opulent et grandiose. Les fleurs, le drap d'or, les lampes d'argent, les lustres de cristal encombraient le chœur et les bas-côtés. Dans cette apothéose, le grand autel, les corniches, le cintre, la nef tout entière apparaissaient enguirlandés de petites

1

flammes changeantes dont la clarté se jouait, sous les voûtes aux fines arabesques, avec un rayon de soleil empourpré par les vitraux.

Un essaim de prêtres, d'enfants de chœur avec leurs chapes, leurs surplis de dentelle, leurs soutanes à longues traînes, rehaussaient l'éclat de cette cérémonie, à laquelle assistaient les élèves, ainsi qu'un grand nombre de dames du meilleur monde, rivalisant entre elles de toilette et de dévotion.

Les saints des tableaux eux-mêmes semblaient s'associer à cette imposante manifestation du culte. Dans le flot lumineux, leur visage un peu bruni par le temps donnait à la vie extérieure le spectacle serein des mystiques ardeurs. Jamais de grands yeux extatiquement tournés vers le ciel n'exprimèrent avec plus d'éloquence l'amour passionné de la créature pour le Créateur.

Et, dans l'atmosphère chargée de senteurs, montait la fumée que vingt encensoirs balançaient dans l'espace, et qui s'épandait au-dessus de l'assistance, semblable aux brouillards du mois de mai, chassés par le soleil levant. En même temps, une voix pure, accompagnée par l'orgue, chantait la prière qu'une mère pieuse met sur les lèvres de l'enfant : « Ave, Maria. »

Je n'essayerai pas de dire tout ce que renferment de poésie certains chants religieux. On éprouve, à les entendre, des émotions qui laissent, après elles, un souvenir profond, inaltérable. Il y a là des images confuses qui reviennent à certaines heures, et dont la vision entretient, en nous, un charme indéfinissable.

Le sacré et le profane s'accommodent alors merveilleusement l'un de l'autre. On dirait que le Ciel tend à se rapprocher de la Terre, et que cette dernière est emportée, dans une sorte d'élan, vers le Ciel. L'Ame se fait Chair et la Chair se fait Ame. La sensation elle-même semble émaner d'un ordre de choses étranger aux préoccupations de ce monde ; c'est l'épanchement intime de la matière et de l'esprit, c'est une heure d'oubli ou plutôt de déraison qui engendre parfois de grandes conceptions, de sublimes sacrifices, mais qui ne prévient pas toujours contre les envahissements des passions les plus fougueuses et les plus emportées.

Quelle fête célébrait-on ?

Je ne le sais pas au juste. Peut-être était-ce la fête d'Ignace de Loyola, peut-être celle de Louis de Gonzague. Les Jésuites affectionnent particulièrement ces deux saints. L'un est le fondateur de leur Ordre ; l'autre, un parfait modèle d'obéissance chrétienne et de pureté. Le premier s'offre aux hommes que le néant des vanités lasse ou épou-

vante ; le second se recommande aux adolescents
que les jouissances de la vie contemplative attirent.
Celui-ci fait fleurir les roses du martyre, celui-là
entretient la plante emblématique des vertus an-
géliques.

Qu'il y ait eu panégyrique de saint Ignace ou de
saint Louis de Gonzague à la fête que je rappelle,
peu importe. On me dispensera, d'un autre côté, de
désigner le collège où s'est passé le fait qui sert de
prologue au drame que j'ai entrepris de raconter.
Ce que le lecteur ne saurait ignorer, c'est que la
chapelle de cet établissement était, vers le bas,
divisée par une simple balustrade, à laquelle s'arrêtait le banc des anciens élèves, la plupart âgés
de dix-huit à dix-neuf ans. Immédiatement après,
venait une rangée de chaises sur lesquelles s'age-
nouillaient les dames qui, à titres divers, avaient
accès dans ce lieu saint.

Mais n'oublions pas que la cérémonie sera bientôt terminée. Après une courte oraison, un coup de
sonnette a retenti... La foule se prosterne aussitôt
avec un long frémissement ; puis, il se fait un silence
que parcourent, comme un frisson, le bruissement
d'une pluie de fleurs et le cliquetis des encensoirs
dont le panache de fumée s'agite, au-devant du
ministre de Dieu qui bénit.

En ce moment solennel, ne dirait-on pas que
toutes les âmes, mues par un sentiment de commune

adoration, planent dans les sphères éthérées, par delà les régions où l'esprit des ténèbres, voué à l'accomplissement *d'une tâche maudite*, *se plaît à verser*, *dans les cœurs*, *d'incurables démences?*

Et cependant, n'est-ce pas dans une cathédrale, au sein des mêmes magnificences, des mêmes harmonies, des même flammes, que Méphistophélès disait à Marguerite : « *Non, tu ne prieras pas!* »

« *Non, tu ne prieras pas!...* » Est-ce la même parole qu'a entendue ce jeune homme, aux formes athlétiques, dont la tête blonde se relève tout à coup, parmi ces têtes inclinées ?

Et, dans ce brusque mouvement, pendant que des yeux brillants semblent chercher des formes entrevues, sous les voûtes étincelantes, le visage renversé de l'écolier effleure le front qui s'incline d'une jeune fille placée un peu en arrière. Celle-ci se redresse rougissante et hautaine, pendant que l'adolescent implore son pardon du regard.

Ce visage brûlant qui a rencontré le sien, ces grands yeux éblouis qui se portent sur elle, ont éveillé chez la jeune fille un trouble dont elle n'est pas maîtresse. La rougeur qui lui monte au front, sous son voile de gaze blanche, donne un nouvel éclat à sa beauté.

Est-ce hasard?... Providence?... Fatalité?...

L'incident le plus vulgaire a mis en présence deux natures qui ne se seraient jamais rencontrées. De ce léger choc a peut-être jailli l'étincelle qui embrase les âmes et consume les existences.

*Gontran de Marmignac, à M. Robert de Picourdan.*

« Marmignac, le 10 août 1865.

« Cher ami,

« Je m'empresse de t'apprendre l'heureuse issue de mes examens. Et moi aussi, je suis bachelier. De plus, j'ai dix-neuf ans passés. Me voilà homme ! A l'avenir, si cela ne te dérange pas, je prendrai vis-à-vis de toi un ton de complète égalité. Je me vengerai ainsi des grands airs avec lesquels tu m'as tant fait enrager, lors de ta visite au collège, il y a environ trois mois. Je dis même, à ce sujet, au père de Willamfort : tu sais ?... ton ancien professeur, qui a été aussi le mien ; je lui dis comme ça : — « Comprenez-vous Picourdan ?... De ce qu'il est *lancé dans le monde*, il s'imagine que ses camarades resteront toute leur vie des *potaches...* »

« Après cela, il est un rang d'ancienneté que je ne te conteste pas. Une année d'avance, à notre âge, c'est énorme. Tu as déjà certainement acquis une grande expérience. J'ai toujours vanté ton intelligence, ton savoir-vivre, ton initiative, ton... je ne sais plus quoi encore. Aussi, je me risque. Mon cas est grave, très-grave...

entends-tu ? Rapporté au père préfet, tel que je vais te
l'exposer, ce cas-là m'aurait irrévocablement fait mettre
à la porte... et cela avec toutes les herbes de la Saint-
Jean. Le père de Willamfort lui-même, en sa qualité de
confesseur, froncerait les sourcils et lâcherait la bride
à son tic, qui est très-nerveux. Comme ça... te rappelles-
tu ? Les yeux, la bouche, le nez, tout est de la partie,
les épaules elles-mêmes, mais rien qu'un peu... Il est
vrai qu'il est si *bon enfant*, ce père René !

« Eh bien ! mais... au fait : je suis amoureux, rien
que ça, et j'aime, vois-tu, j'aime ! En seconde, en rhétorique, en philosophie, j'ai rêvé plus de femmes qu'il
n'y en a dans la création... et belles !... Or, il m'arrive
que toutes ces beautés aventurées dans mon esprit se
sont retrouvées sous une véritable forme, dans la chapelle des Jésuites... tellement près de moi, qu'en relevant la tête, à la bénédiction, ma joue a effleuré, oui,
effleuré le plus joli visage !...Je n'ai fait, il est vrai, que
l'entrevoir... Mais quelle adorable vision !

« Avec qui cela m'est-il arrivé ? Je le sais à peine. Un
nom, on m'a dit un nom, et c'est tout..... Impossible
d'avoir d'autres renseignements. Incline-toi... Elle
s'appelle Héloïse de Cimaure... C'est une grande faveur
que je te fais, en te prenant pour confident de ma
peine.

« Je voudrais t'écrire plus longuement ; je n'en ai
pas le courage. J'attendrai ta réponse avec anxiété.
C'est peut-être de toi que me viendra la lumière.

« Crois à toute mon amitié.

« GONTRAN. »

*Robert de Picourdan, à M. Gontran de Marmignac.*

« La beauté idéale que tu as entrevue, je la connais. Je pourrais même te présenter dans sa famille, si pareille démarche ne m'était interdite par suite de dissentiments sans nombre, qui remontent à plusieurs siècles. Un Picourdan enleva, autrefois, une dame de Cimaure. Il s'en suivit une série de duels qui firent un tapage infernal. Il y avait, à cette époque, dans les deux familles, une foule de cadets auprès desquels les Capulet et les Montaigut n'étaient que de petits garçons. Les questions religieuses, à leur tour, envenimèrent la querelle. Les Cimaure tenaient pour la Réforme ; ils se sont convertis depuis. Les Picourdan, au contraire, étaient partisans fanatiques de la messe et du roi. On se battit entre voisins, et je soupçonne fort un mien arrière-grand'oncle, mauvais sujet s'il en fut, d'avoir mis le feu au château qui portait le nom de la demoiselle de tes rêves. De nouveaux griefs ont surgi depuis. Aux questions de préséance, soit à l'église, soit ailleurs, sont venus se joindre les différends de propriétaire à propriétaire : limites, servitudes, murs mitoyens et tout ce qui s'y rapporte. N'oublions pas maintenant les élections, sur le terrain desquelles nous n'avons jamais pu nous rencontrer. Mon père est légitimiste et M. de Cimaure orléaniste ; l'un vote blanc, l'autre tricolore.

Voilà, mon cher, la situation ; pas de rapprochement possible.

« Mais parlons de toi. Tu es bachelier, c'est très-bien ; tu es amoureux, c'est trop tôt. Diable ! mon cher, si, à peine sur le seuil de la vie, tu prends feu comme cela, qu'adviendra-t-il plus tard ? Plus tard, il est vrai, tu comprendras un peu mieux l'amour et les devoirs qu'il impose. Tu te garderas bien alors d'en faire le drapeau d'une imagination aussi ardente que la tienne. Après cela, tu as un cœur tellement large que bien des caprices pourront y entrer à toute voile, sans pour cela envahir une place que tu réserves, bien sûr, aux bons sentiments que je te connais.

« Tu as fait appel à mon expérience, et voilà que je te fais de la morale. Sans prétentions de ce côté, je m'empresse de te dire que ta première passion m'enchante. Celle qui l'a inspirée m'en paraît parfaitement digne. Dans les dispositions de cœur où tu te trouvais, une cuisinière ou une femme de chambre eut peut être obtenu pareil succès. Je te vois d'ici te récrier... Il me semble cependant que tu n'en as pas le droit. Ne m'as-tu pas avoué que cette Héloïse de Cimaure, objet d'une passion délirante de ta part, tu ne l'as pas encore vue à visage découvert ? Il est vrai que ta joue a rencontré la sienne. Mais, cette rencontre, qui est charmante d'ailleurs, en quoi pouvait-elle t'engager ? Tu as fait un événement de ta maladresse, c'est très-bien. A mes yeux, comme à ceux de mademoiselle de Cimaure, sans doute, cet événement a des proportions extrêmement modestes. Je préfère, seulement, qu'il te lie au souvenir

1.

d'une jeune personne de qualité, que s'il t'attelait au
char d'une drôlesse, comme il y en a tant.

« Ce que je dis là ne saurait avoir un grand intérêt
pour toi. Veux-tu que je te rende heureux ?... Combien
me donneras-tu du portrait à la plume que je vais te
tracer ? Imagine-toi une jeune fille de taille au-dessus
de la moyenne. Elle est très-brune. Une coiffure, dont
bien des femmes envient le secret, donne à son abondante chevelure un tour idéal, qui ferait le désespoir
d'un peintre en même temps que son admiration. Les
sourcils d'une grande finesse décrivent leur courbe gracieuse sur la blancheur nacrée d'un front plein d'idées
inexprimées, de sentiments contenus. Les paupières,
extrêmement fendues, sont presque diaphanes, et prennent des teintes chaudes qui font ressortir un petit ré-
seau de veines bleues s'élargissant dans la direction
des tempes. Le regard est doux, un peu voilé d'habitude, et parfois humide. La moindre émotion s'y reflète
comme une image dans une glace, une étoile dans un
beau lac. Suivant que l'émotion est plus ou moins intense, la prunelle de l'œil, qui est bleue, s'assombrit au
point de paraître tout à fait noire. Le nez rappelle la
ligne grecque, sans toutefois l'égaler en pureté. Les
papilles sont tellement mobiles que la plus légère sensation les dilate avec un petit frémissement ; c'est, dit-on,
l'indice d'une impressionnabilité très-vive. La bouche
paraît grande, quoique régulière. Cela tient sans doute
aux lèvres qui sont un peu épaisses et rouges comme
le fruit de la grenade. La lèvre supérieure est estompée
par un léger duvet à peine perceptible au coin de la

bouche. Le même duvet assombrit également les tempes, vers lesquelles monte une lueur fugitive qui passe du rose le plus tendre au rouge le plus vif. Un menton à fossette, qui termine ce visage, donne à l'ensemble de la physionomie une séduction irrésistible. Dans le sourire, cette tête de jeune fille a un rayonnement qui éveille toutes les poésies de l'âme. Le cou est une perfection ; c'est l'hymne des épaules arrondies, dans la sinuosité desquelles une forêt de petits cheveux bouclés étend son ombre.

« Joins à cela une poitrine exubérante, une taille de fée, quelque chose de serpentin dans les mouvements ; des attaches d'une souplesse étonnante, des pieds et des mains semblables à ceux d'une enfant. Et puis, en présence de cette nature qui ne s'est pas encore révélée à elle-même, on éprouve je ne sais quelle incertitude qui est un charme de plus. Qu'adviendrait-il d'une organisation aussi exceptionnelle, délicate et forte à la fois, rappelant, par plusieurs côtés, les saintes et les martyres de la grande école, tandis que certaines hardiesses des formes évoquent dans l'esprit les superbes nudités de l'art païen? Le sourire et le regard augmentent cette incertitude. On est séduit, mais on doute. Les profondeurs du regard n'abritent-elles pas de violents orages? Derrière ce sourire, sur ces lèvres qu'une flamme intérieure éclaire, n'y a-t-il pas des menaces ?

« Me trouvant à Paris, dernièrement, j'ai passé une journée au Louvre. Une heure durant, j'ai contemplé cette *Joconde* dont Léonard de Vinci a fait un chef-d'œuvre. Il y a quelques traits de ce tableau dans Héloïse de Cimaure. Seulement la *Joconde* peint plutôt

une nation qu'une femme. C'est l'Italie avec ses ardentes
amours et ses colères furieuses, l'ivresse de ses baisers
et l'agonie de ses trahisons, son ciel bleu et l'enfer de
ses volcans. Berthe de Cimaure est plus elle-même.
Tout ce qu'il y a de complexe, dans le spectacle de sa
beauté, vient de la nature, une nature admirable !

« Que te semble, cher ami, de cette page écrite à
ton intention ? T'attendais-tu à une peinture aussi finie ?
Tu vas me prendre pour un rival... Rassure-toi, je ne
ferai pas revivre, entre les Picourdan et les Cimaure,
la légende des amours d'Edgard et de Lucie. Le
paysage conviendrait cependant beaucoup à ce drame
nouveau, mais il y manquerait la musique de Donizetti.
Sois bien convaincu, d'ailleurs, que je n'ai rien exagéré. J'ai rencontré mademoiselle de Cimaure assez
souvent, soit quand elle allait à l'église, soit quand elle
partait en voyage, soit même au bal, chez des amis
communs. Elle fixe assez l'attention pour qu'on conserve d'elle un souvenir exact. Ce souvenir, je te le
transmets, non pour qu'il serve ta passion, qui est un
feu de paille, mais pour qu'il t'engage à venir t'assurer
toi-même de la vérité. Quatre-vingts lieues nous séparent à peine, pareille distance est si vite franchie !
Allons, un bon mouvement ! Laisse aller ton amour ; il
te guidera. C'est tout ce qu'il aura fait de mieux, avant
d'avoir eu le sort qui lui est réservé, celui des chimères
de toutes sortes qui accompagnent nos premiers pas
dans la vie. Ainsi, c'est entendu, je t'attends.

« A toi.

« ROBERT. »

## AU CHATEAU DES OSERAIES.

On était à l'automne de l'année 1865. La famille de Picourdan est au salon, en compagnie de M. le curé des Oseraies.

Or, voici dans quel sens venait de s'engager la conversation. C'est M. de Picourdan qui parle :

— Vous et madame la marquise, mon cher abbé, êtes absolument dans l'erreur. Vous faites une question de sentiment, de ce qui n'est, en somme, qu'une chose de froid calcul. Vous apportez en politique, la foi qui vous guide en religion. Vos théories sont fort belles, j'en conviens, mais elles ne sont pas raisonnables.

-— Oh ! monsieur le marquis !... — murmura l'abbé, en se voilant presque la face.

— C'est cela même, — exclama madame de Picourdan, qui se tenait renversée sur une superbe causeuse en velours rouge capitoné, — dites plutôt que nous sommes des naïfs, et qu'on ne saurait prendre au sérieux la cause à laquelle vous êtes attaché tout comme nous. C'est de bonnes leçons que vous donnez à Robert.

Robert de Picourdan, que nous connaissons déjà, adressa un petit sourire à sa mère, et reprit la lecture d'un journal qu'il tenait à la main.

— Le gouvernement de la France, — poursuivit le marquis, — ne saurait plus être le privilége d'une caste. Il y a des principes, puis des lois qui ont affranchi le peuple et l'ont immiscé à la gestion des affaires publiques. Vainement, on invoquera des droits prescrits depuis longtemps; vainement on prendra Dieu à témoin, comme s'il était immédiatement intéressé à l'affaire. On se brisera toujours contre la volonté du nombre.

— Mon cher ami, — dit à cet endroit madame de Picourdan, — vous avez grand tort de lire habituellement *l'Union;* à votre place, je m'abonnerais au *Siècle.*

Le marquis avait enfourché son *dada* favori, il continua :

— On a beau faire, on a beau dire, la monarchie telle que vous la concevez, et telle que l'entend le comte de Chambord, est aussi impossible qu'il m'est impossible, à moi, de prouver que deux et deux font cinq. C'est très-bien de s'exalter comme vous le faites; c'est digne d'un meilleur sort d'attendre toujours des revirements miraculeux dans l'opinion des hommes. Mais à quoi cela abou-

tit-il ? A vous tenir à l'écart de tout ce qui est et se
meut... Au fait, combien, dans la nation, sont inté-
ressés à la réalisation des rêves d'autocratie et
d'aristocratie dont vous entretenez vos esprits ?
La dixième partie de la nation tout au plus, et
encore ! Eh bien, alors, que deviendront les intérêts
des neuf dixièmes restants?... Et vous croyez que
ces derniers n'élèveront pas la voix, contre ce qu'ils
considéreront comme un envahissement? Et en
supposant, chose inadmissible, qu'on étouffât cette
voix par un coup de force, comment maintiendriez-
vous un pouvoir qui n'aurait, auprès de lui, pour
toute défense, qu'un homme sur dix au plus, et même
cette proportion est exagérée ? Vous avez beau
espérer, vous avez beau prétendre... la voix du
nombre est là, l'intérêt des masses est là, et chaque
révolution nouvelle, loin de vous rendre la royauté
de droit divin, ne fera que donner de nouveaux
gages à la démocratie !

L'abbé, visiblement embarrassé, tourmentait son
bréviaire. Robert poursuivait sa lecture. Quant à
madame de Picourdan, elle avait pris le parti de ne
plus écouter le discours révolutionnaire tenu en sa
présence. Elle se borna à dire au comte, quand il
eut cessé de parler :

— Je regrette, mon cher, qu'il n'y ait pas de
réunions publiques à la ville voisine ; vous y tien-

driez certainement un rang honorable parmi les ora-
teurs. Je crois même que, développées par vous, certaines théories auraient un poids tout particulier.

— C'est possible, — répondit le marquis; —
j'ai dit ce que je pense, et il m'a plu de le dire.
Chacun sait bien que je suis légitimiste; à mon
âge, on ne change pas. Mais, à mon âge, on fait la
part de bien des exagérations, de plus, on estime à
leur juste valeur des illusions sans nombre, qu'un
esprit faible prend pour des réalités.

Là-dessus, M. de Picourdan, qui ne s'était pas
assis, durant la scène qui précède, tourna sur ses
talons et alla reprendre, sous les marronniers
du parc, le cours de ses longues rêveries.

— Concevez-vous cela! s'écria madame de
Picourdan, quand le marquis fut sorti. Depuis
quelque temps, il a introduit ici une sorte de tribune
politique qui est en contradiction flagrante avec les
traditions de sa famille. Le langage qu'il tient
démentirait son passé lui-même, si son passé pouvait
être démenti.

En ce moment, un domestique vint annoncer à
Robert qu'une voiture s'était arrêtée à la grille.

— Je gage que c'est Gontran! — s'écria Robert, en
jetant son journal, et il quitta précipitamment le salon.

C'était, en effet, Gontran..... Le jeune amoureux,

en costume de chasse, sauta à bas de la voiture, et tomba dans les bras de son ami.

— Me voilà ! — dit-il.

M. de Picourdan, qu'avait attiré le bruit, s'avançait au-devant du voyageur.

— Mon père, je te présente Gontran de Marmignac, — dit Robert tout joyeux.

Le marquis tendit la main au jeune homme, et le prenant doucement par le bras, il le conduisit au salon, pour le présenter à madame de Picourdan.

Grâce à cette cordialité, empreinte d'une certaine grandeur, avec laquelle les gentilshommes exercent l'hospitalité en province, Gontran, au bout de quelques instants, eût pu se dire de la maison. La journée touchait à sa fin, et la cloche du dîner appelait les convives. On passa dans la salle à manger. C'était une vaste pièce tendue de cuir et percée de larges fenêtres ouvrant sur le parc. Un buffet monumental, une robuste table, pouvant prendre toutes les proportions, de lourdes chaises semblables à des fauteuils, annonçaient, dès l'abord, un confortable qui ne se démentit jamais. Les Picourdan apportaient un sage esprit d'ordre et de retenue dans les dépenses, mais le luxe des dîners était invétéré chez eux. Ils se traitaient eux-mêmes et traitaient l'amitié avec un appareil qui eut fait l'importance et l'orgueil de plusieurs parvenus.

Je ne m'arrêterai pas à des descriptions inutiles. Qu'il me soit seulement permis d'entrer dans quelques détails, pour bien déterminer le point de départ de mon action.

La famille de Picourdan date de plusieurs siècles. En province comme à la cour, le titre de marquis y fut toujours porté dignement.

Un marquis de Picourdan émigra lors de la grande Révolution. A son retour, il était perclus de rhumatismes, mais, par une faveur toute spéciale, ou grâce à des arrangements habilement pris à l'avance, sa fortune lui fut intégralement rendue. Cette fortune, qui s'est maintenue depuis, repose sur la terre des Oseraies, la plus belle, sans contredit, d'un des départements du Centre. Le château, habité par les propriétaires, est une vaste construction Renaissance qui s'élève au milieu d'immenses pelouses, entre deux bras de forêt convertis en parc. Au bas des pelouses, une rivière que nous appellerons la Double, décrit une courbe gracieuse, avant de précipiter son cours dans la direction d'une gigantesque falaise qui se dresse à pic, à l'horizon. C'est au château des Oseraies qu'une très-grande, mais très-turbulente dame de la cour de Louis XIV reçut ordre de se retirer, un jour qu'elle avait parlé en termes peu respectueux de la favorite du vieux roi. Un demi-siècle plus tard, ce château et ses dépendances devinrent la propriété de la famille de Picourdan.

A l'époque où commence ce récit, le marquis de Picourdan touche à la soixantaine. C'est un homme aux cheveux grisonnants, au front pensif, à la démarche incertaine. Un chagrin secret assombrit cette existence.

En 1829, le marquis était un des jeunes officiers les plus brillants de l'armée. N'ayant pas voulu prêter serment à la Monarchie de Juillet, il dut renoncer à son grade et abandonner une carrière pour laquelle il avait les plus hautes aptitudes. Il se maria quelques années plus tard avec une riche héritière, noble comme lui, dont il eut un fils unique, Robert de Picourdan. Le marquis reporta sur cet enfant toutes les espérances qu'il avait lui-même sacrifiées à son parti. Mais, hélas ! l'horizon de ce parti resta obstinément fermé. Arrivé à sa vingtième année, Robert se voyait obligé de plier à son tour, sinon de vivre, comme l'avait fait son père, en gentilhomme qui ne transige pas.

On comprend, après cela, les révoltes qu'avaient mises, dans l'esprit de M. de Picourdan, des décon-

venues personnelles dont le souvenir s'aigrissait à
mesure qu'augmentaient les appréhensions pour
l'avenir. Là était le secret des sorties un peu vives
que se permettait le marquis chaque fois que la
conversation était amenée sur le terrain de la politique par la lecture des journaux. De telles sorties,
d'ailleurs, étaient motivées par l'optimisme de la
marquise, dont la foi robuste bravait avec opiniâtreté
les événements contraires et ne prenait aucun souci
des difficultés les plus insurmontables. L'affirmation
constante d'un droit divin imprescriptible, appliqué
à une cause purement humaine, comme le sont
toutes les causes politiques, avait, à la longue, produit
sur le système nerveux de M. de Picourdan, l'effet
que produit généralement un morceau de musique
sans cesse répété. Doublement déçu, gardant rancune aux chimères qu'il avait longtemps poursui-
vies, il se permit, un jour, quelques observations
auxquelles fut fait le plus mauvais accueil. Suivirent
les critiques : elles n'eurent pas davantage de succès. Loin d'éteindre l'enthousiasme de la marquise,
observations comme critiques ne firent que l'exas-
pérer. M. de Picourdan se piqua au jeu. Il devint
incisif, et sut employer les arguments puisés par
sa raison, dans les lectures historiques ainsi que
les longues méditations. Persiflant tantôt, tantôt
s'emportant, toujours ne se rendant pas, madame
de Picourdan soutint tous les assauts. C'était une

vraie guerre dont on prit insensiblement l'habitude
et qui devint presque un passe-temps, dans une
maison réputée, à juste titre, comme le repaire
inexpugnable de l'idée royaliste.

Qu'on ne se trompe cependant pas sur la singulière attitude de M. de Picourdan. Ni la marquise,
ni les intimes admis aux discussions n'avaient le
moindre doute à cet égard. Un retour de circonstances favorables ou simplement un appel désespéré eût trouvé le comte également dévoué à la
cause qu'il avait toujours servie. Moins aveugle
que bon nombre de ses amis, il avait compris l'im-
possibilité physique et morale du brusque retour
vers le passé dont on s'entretenait autour de lui.
Mais alors même qu'il combattait, avec un secret
plaisir peut-être, les conclusions favorables à ce
retour, il n'eût, pour rien au monde, brisé les liens
étroits qui existaient entre lui et l'idée monarchique.
Convaincu du néant des espérances dont se ber-
çaient les légitimistes, il affirmait ce néant avec
une loyauté qui eût été vraiment admirable, sans
l'insistance bizarre qu'il y mettait. Dans ses plus
beaux élans oratoires, il ressemblait au médecin
auquel on ferait constater le décès de sa propre
femme. Ayant perdu sa foi politique, pour avoir
voulu trop apprendre, il avait été impossible à
M. de Picourdan d'oublier. Et il se débattait ainsi

entre ses sympathies et ses antipathies, sans
donner à connaître les unes ou les autres, afin
d'avoir mieux le droit de faire une opposition, devenue systématique, à chaque motion nouvelle,
inspirée par la lecture de *l'Union*, à madame
de Picourdan. Quoi qu'il en fût, et malgré tous
ces sentiments contradictoires, le marquis ne
se serait jamais écarté de sa première voie. Le premier il se fût enrôlé sous un drapeau fatalement
condamné à la défaite, avec la seule ambition de
s'y montrer digne de son nom, le seul espoir d'y
trouver une fin capable de jeter un peu d'éclat sur
un long et obscur sacrifice.

Le caractère de madame de Picourdan offrait les
aspects les plus divers. Il était inflexible au point de
vue du devoir. La marquise n'admettait aucun compromis avec la dignité du cœur. Les faiblesses de la
femme, à ses yeux, ne pouvaient ni ne devaient
exister. La chute de sa meilleure amie l'eût trouvée
implacable.

Dans les conditions ordinaires de la vie, madame de Picourdan se montrait simple et bonne.
Elle pratiquait la charité comme l'enseigne l'Evan-
gile : sa main gauche ignorait ce que donnait sa
main droite. Les pauvres de plusieurs communes
avoisinantes connaissaient la dame des Oseraies

et la considéraient comme leur providence. C'est
que, en effet, elle prenait un soin attentif de leurs
besoins, et mettait une sorte de coquetterie à se faire
aimer d'eux. En présence de ces déshérités de la
fortune, elle était d'autant plus grande qu'elle s'efforçait de paraître petite. Ce sentiment d'égalité avec
les plus humbles lui donnait une grâce que chacun
se plaisait à reconnaître et qui lui assurait un certain empire sur l'esprit des populations villageoises.

En politique, la marquise apparaissait sous un
jour tout différent. Sa foi religieuse embrassait sa
foi politique au point de ne faire qu'une seule foi,
une même religion. Toutes les fougues naturelles,
toute la passion de la femme étaient concentrées
sur ce point. Là, plus de simplicité, de douceur,
de bonté, de grâce. Madame de Picourdan revendi-
quait avec hauteur et arrogance ce qu'elle consi-
dérait comme une propriété divine. Le trône était
un bien volé qu'il fallait rendre au représentant de
Dieu, c'est-à-dire au *Roy*. Toute contestation élevée contre le droit royal et les priviléges qu'il entraîne, ne pouvait émaner que d'un révolutionnaire
et d'un athée. Le raisonnement était impuissant à
vaincre le fanatisme d'une telle opinion. Nul état de
choses n'en eût triomphé !

Aux qualités de cœur de sa mère, Robert de

Picourdan joignait l'intelligence réfléchie du père.
Procédant de deux caractères offrant les plus
étranges contrastes, il avait mis ses affections
filiales sous la sauvegarde d'une prudente neu-
tralité.

C'était un jeune homme délicat de formes,
mais à l'âme fortement trempée. La chasse, l'équi-
tation étaient ses passe-temps favoris. Il trouvait
là un prétexte suffisant pour se soustraire à des
discussions dont il avait de bonne heure discerné
le côté ridicule ou puéril. La solitude qu'il recher-
chait ainsi avait développé en lui un sens natu-
rellement droit, qui le mettait en garde contre les
exagérations d'idées et les contradictions de toutes
sortes dont on abusait au château. A peine âgé
de vingt et un ans, Robert était déjà un homme.
Sobre de paroles, résolu, énergique, il promettait
de fournir une rapide carrière, soit dans les armes,
soit dans la diplomatie, mais il était détourné de ces
voies d'avenir, dont la fortune et le nom lui faci-
litaient l'accès, par l'éloignement de sa famille pour
les institutions du pays. Cependant, l'inaction ne
pouvait convenir à une telle nature. Il était aisé de
prévoir que Robert de Picourdan prendrait avant
longtemps une brusque résolution, afin de s'arracher à l'existence monotone qu'il était forcé de
mener et pour laquelle il ne se sentait aucun goût.

L'abbé, qui, tout à l'heure, prenait parti en faveur de madame de Picourdan contre le marquis, est le desservant de la paroisse des Oseraies. Sorti d'une famille d'agriculteurs pauvre et obérée, il s'est senti, dès l'enfance, peu de dispositions pour le rude labeur des champs. Entré comme enfant de chœur dans une église, il intéressa à lui quelques âmes pieuses, qui lui fournirent les moyens de suivre les cours au grand séminaire. Passé l'âge où les jeunes gens satisfont à la loi du recrutement militaire, il fut ordonné prêtre et envoyé aux Oseraies. C'est un homme fort ordinaire, chargé d'un embonpoint précoce. Il voisine beaucoup dans les cures, joue la *bête ombrée* avec entêtement, et ne perd aucune occasion d'être désagréable au maire et au conseil municipal. Avec madame de Picourdan, l'abbé prend un ton doucereux et affecte de paraître plus légitimiste que le roi. Cela lui a valu d'avoir son couvert toujours mis au château. Au fond, la politique l'intéresse médiocrement. Ce qu'il demande, c'est que l'autorité religieuse exerce toujours sa suprématie dans les choses de ce monde. En chaire, il ne professe pas toujours la charité du ministre de Jésus-Christ. Emporté par son zèle, il se pose volontiers en messager des colères divines; il agite souvent sur la tête de ses paroissiens l'épée flamboyante des archanges vengeurs. On cite de lui un discours qui

fit sensation. On s'en entretint dans les confé-
rences ecclésiastiques, et même à l'évêché. Mon-
seigneur l'évêque le trouva trop vif. Voici, de ce
discours, un passage saillant :

« *Erat*, *in civitate*, *peccatrix*. — *Il y avait,
dans la ville, une pécheresse*. — Quelle était
cette ville, mes frères ?... Périgueux ?... Limoges ?...
Ce n'était pas Périgueux, ce n'était pas Limoges...
Bordeaux, peut-être ?... Pas davantage, ce n'était
pas Bordeaux. Toutes ces villes réunies n'auraient
pas fait celle que je veux dire : Jérusalem !.... *Erat,
in civitate*, *peccatrix*.—*Il y avait une pécheresse
dans la ville*... une pécheresse, m'entendez-vous ?....
Or, l'Écriture, mes frères, nous rapporte que cette
pécheresse se convertit.....

« Après cela, que penser des Oseraies, une mé-
chante petite bourgade ?.... A Jérusalem, la ville immense, il n'y avait qu'une pécheresse, et elle revint
à Dieu.... Aux Oseraies, de quelque côté que je me
tourne, dans chaque maison, à chaque porte, je ne
vois que des... pécheresses, et pas une ne se re-
pent, pas une ne se convertit ! »

Rien n'est gracieux, élégant, souple, nerveux, robuste, comme le jeune homme dont la physionomie tranche sur le groupe que je viens d'esquisser. Antinoüs et Hercule se rencontrent dans cette sculpture vivante, magnifique incarnation de jeunesse qu'environne une auréole de santé. Cheveux bouclés à la ninivite, barbe naissante formant deux spirales dorées au bas du visage. C'est l'idéal de la ligne, c'est l'harmonie la plus pure de la matière, c'est une hymne délirante de printemps et de vie, un feu d'artifice d'espérances, un essaim de rêves enchantés. On a beaucoup médit de la beauté chez l'homme. En présence de Gontran de Marmignac tombent toutes les préventions.. Jamais nature ne resplendit sous un jour plus serein, jamais triomphe de la chair ne s'éclaira ainsi d'un rayon vraiment céleste.

Un rapide historique de la famille de Marmignac.

Le premier qui vint en France faisait partie de la suite de Catherine de Médicis ; on l'appelait Vivianni. C'était un jeune Florentin qui portait vaillamment l'épée, et jouait de la viole avec une grâce infinie. Il fut tué dans la triste nuit du

22 août 1572, comme il exécutait des ordres person-
nels que lui avait donnés la reine.

Un fils qu'il laissa devint page de Marguerite de
Navarre, et, plus tard, capitaine. Ce capitaine se
mêla à plusieurs intrigues sanglantes, comme il y
en avait tant à cette époque. Ayant été obligé de
fuir, il se dirigea vers le midi de la France. Il
voyageait à cheval, se reposant dans les châteaux,
et reprenant ensuite sa course, sans trop savoir où
il allait. Surpris un jour par un violent orage, pendant qu'il traversait les landes du Quercy, il aperçut, en haut d'une montagne, un donjon qui paraissait plutôt une ruine qu'une demeure habitable. La
lande était déserte ; il piqua dans la direction du
gîte qui s'offrait à sa vue.

L'accueil qu'il reçut d'abord ne fut pas sympathique. Le seigneur de l'endroit, grand vieillard à face
osseuse, se méfiait des étrangers et craignait les vo-
leurs. Il aurait dit volontiers au capitaine de passer
son chemin, si la tournure de ce dernier et ses airs
de gentilhomme n'avaient répondu de ses bonnes
intentions.

On mit le cheval à l'écurie, et le cavalier eut accès dans une grande salle, au fond de laquelle flam-
bait un tronc d'arbre jeté en travers d'une cheminée
monumentale, pêle-mêle avec plusieurs fagots de
bois mort. Et, comme le seigneur et le capi-

taine se chauffaient silencieusement, en jetant parfois, l'un sur l'autre, un regard investigateur ; une
jeune fille d'une extrême beauté entra, toute rougissante, pour veiller aux préparatifs du repas.

— Ma fille, — murmura le vieillard, — sans détourner la tête.

Le capitaine se leva, salua comme il saluait naguère à la cour, et se rassit.

Je ne raconterai pas comment il advint qu'au
bout de quelques jours le gentilhomme fugitif se
trouvait encore chez le seigneur, baron de Marmignac, où nous l'avons vu arriver, un jour qu'il faisait orage. Je ne raconterai pas non plus comment
il se fit, qu'au bout d'un mois, le capitaine n'était
pas encore parti, et que la jeune Henriette ne
pouvait plus, sans pâlir ni trembler, supporter le
regard de son père. Un fait que je m'empresse de
relater, c'est que l'ancien page de la reine Marguerite épousa mademoiselle de Marmignac et prit, plus
tard, après le décès du vieux baron, le titre et le nom
de la famille de sa femme.

L'Italie et la France, unies chez les Marmignac,
donnèrent le jour à une lignée qui eut sa légende,
tantôt à la cour, tantôt dans les montagnes du

2.

Quercy. Le vieux donjon avait été restauré, et, grâce aux mariages riches de plusieurs gentils-hommes de cette maison, le bien patrimonial obtint divers agrandissements. Mais l'humeur changeante de ces seigneurs, leurs fréquents voyages à Paris, des commandements qu'ils exercèrent avec faste, portèrent parfois de rudes atteintes à leur fortune. Sous Louis XV, nous retrouvons un jeune baron de Marmignac qui en était réduit à ensemencer lui-même le seul champ que lui avaient laissé les usuriers. Il portait néanmoins, sur sa veste de feutre, la longue rapière de son aïeul le Florentin. Seulement, l'occasion d'exercer sa vaillance se présentait rarement. Il est vrai que, pour s'entretenir la main, il frappait volontiers le pauvre monde; on l'accusa même d'avoir dévalisé des marchands qui passaient par devers chez lui, pour se rendre à Cahors. Ce baron-là jouit d'un assez mauvais renom jusqu'au jour où la mort d'un riche procureur, dont il avait enlevé et épousé la fille, lui permit de vivre en honneur aux yeux des populations.

Comme on le voit, les femmes jouaient un grand rôle, chez les seigneurs de Marmignac; grâce à elles, ils se relevaient toujours. Bien tournés, joyeux viveurs, c'était bien les hommes les plus entreprenants du monde, et ils n'avaient aucun souci du mal

qu'on pouvait dire d'eux, pourvu toutefois qu'on ne
le leur dît pas en face. Les curés de Marmignac
eux-mêmes n'avaient pas ce droit-là.

On raconte que l'un d'eux, pour avoir trop parlé
en chaire, reçut une provocation en belle forme, qui
lui enjoignait de se trouver, à une heure indiquée,
à la *Croix des Quatre-Chemins*. Ce carrefour, perdu
au milieu des châtaigneraies, était bien l'endroit le
mieux choisi pour se couper la gorge, mais personne
n'aurait supposé que M. le curé consentît à s'y rendre.
Ce dernier, qui n'était pas peureux, n'eut cependant
garde d'y manquer. En effet, comme le baron, sa
rapière à la main, arrivait d'un côté, son adversaire,
non moins exact, se montrait à l'angle opposé du
carrefour. Et dans quel appareil ! Si vous l'aviez
vu !... Le brave homme avait mis ses vêtements sa-
cerdotaux, et s'était fait suivre d'un sacristain portant d'une main le bénitier, de l'autre main un
énorme goupillon.

A cette vue, le baron resta tout interdit ; le curé,
au contraire, s'étant armé du goupillon, alla droit
au gentilhomme et, répandant sur lui un flot d'eau
bénite, il prononça la formule d'exorcisme que chacun connaît : — « *Vade retro, Satanas !* » — ce que
des gens, ayant des notions incomplètes du latin,
ont traduit : — « Va-t'en au diable, Satan ! »

Je ne sais pas si le baron de Marmignac comprenait la langue dont se servit le curé. Quoi qu'il

en fût, il n'eut pas assez de présence d'esprit pour
parer l'estocade, d'un nouveau genre, dirigée contre lui. Il balbutia quelques paroles sans suite, puis,
comme épouvanté, à l'aspect de la croix du carrefour, sur les degrés de laquelle M. le curé s'était
campé fièrement en agitant encore son goupillon, il
prit à travers bois et se tint pour battu.

Au reste, l'espèce d'anathème qu'il s'était attiré,
le poursuivit jusqu'à la fin de ses jours. Il mit un
tel désordre dans ses affaires que, durant un hiver,
sa famille et lui souffrirent horriblement de la
faim. N'ayant ni blé, ni vin, au château, le baron
allait à la chasse ou à la maraude et, suivant ce
qu'il rapportait, on mangeait.

On comprend quelle guerre acharnée fut faite aux
lièvres et aux lapins. Les lapins surtout étaient
l'objet de poursuites sans fin et de piéges sans nombre, indépendamment des coups de fusils qui les
attendaient au bord de chaque trou, tant qu'il y avait
de la poudre au château. La nuit, le jour, au clair
de la lune comme en plein midi, le Marmignac était
sur pied, dans l'espoir de faire chasse. La famine
lui avait enlevé tout sentiment de générosité ; au
lieu de tuer noblement, à la partie ou à courre,
d'innocents animaux, il les assassinait !... On le
trouvait, à toute heure, à l'affût au pied de quelque

roche, et là, comme pour se tenir en éveil, il répétait sans cesse, dans le patois du pays : — *Sé saôutès souporay; sé saôutès pas, souporay pas.* — Cela signifie : si tu sors, je souperai ; si tu ne sors pas, je ne souperai pas. — Cette insouciance peint toute la race des Marmignac. A défaut de lièvre ils se contentaient d'un lapin : à défaut de lapin... ils se brossaient le ventre.

Je n'entrerai pas en de plus longs détails touchant les alternatives de haut et de bas attachés au tempérament d'une famille, qui s'est évoluée pendant plusieurs siècles, au sein d'une société tendant elle-même à des transformations et à des développements successifs.

La Révolution n'eut, en somme, qu'une médiocre influence sur la destinée des Marmignac. Ils y trouvèrent, cependant, un prétexte pour aller rejoindre l'armée de Condé et conserver la tradition attachée au passé militaire de leurs aïeux. En définitive, s'ils perdirent quelques privilèges dans les revirements politiques, il faut reconnaître qu'on leur rendit leur bien tel que l'avaient laissé de nombreux créanciers. Ils puisèrent, d'un autre côté, dans le spectacle qu'ils avaient eu de mille vicissitudes, un esprit meilleur d'ordre et de retenue, ainsi qu'un sentiment plus élevé des devoirs de l'homme à l'égard de ses sem-

blables. Ils oublièrent un peu le passé pour s'attacher davantage au présent; en un mot, ils devinrent
aussi pratiques qu'il leur était possible de l'être,
vu les passions fougueuses devenues chez eux
héréditaires.

Le vieux donjon ne croula donc pas tout entier,
il en resta une partie fort originale et pittoresque,
qu'envahit insensiblement, comme pour lui donner
un nouveau caractère, une épaisse couche de lierre
entremêlé de clématites et autres plantes grimpantes.
Puis, tournée vers le midi, une petite maison bien
coquette et bien blanche se dressa contre la lourde
ruine. Autour de la maison, on traça un élégant jardin anglais, au bout duquel, insensiblement, le co-
teau tout entier se couronna de vignes.

Cette transformation était due au père de Gontran
de Marmignac, un excellent homme qui porta avec
dignité un long et douloureux veuvage. Madame de
Marmignac mourut en donnant le jour à son fils.
Cette dame, aussi belle que bonne, était la fille d'un
petit notaire voltairien dont tous les ascendants depuis plusieurs générations n'avaient jamais perdu
l'occasion de nuire le plus possible à la prospérité des
Marmignac. La chicane était innée dans cette famille.
Ils paperassaient tous, de père en fils, avec une telle
habileté, que plusieurs domaines des seigneurs se

prirent tour à tour dans leurs filets. Seulement, un jour vint où, toutes les terres réunies n'ayant plus pour héritière directe qu'une charmante jeune fille peu disposée à épouser les vieilles querelles, celui qui restait des Marmignac vengea, en un seul jour, tous ses ancêtres. Il épousa la jeune demoiselle, qu'il aimait d'ailleurs tendrement, et combla l'abîme qui séparait deux familles, ayant professé l'une contre l'autre des haines invétérées et des principes inconciliables.

Tels étaient les personnages que nous avons laissés à table, au château des Oseraies.

Et comme le dîner touchait à sa fin, il vint s'adjoindre un nouveau convive dont la présence inattendue fut saluée avec les plus grandes marques de considération et de respect.

— Le père de Willamfort ! — s'était-on écrié en se levant.

Le nouveau venu salua la maîtresse de la maison, serra la main du marquis, s'inclina d'une façon un peu hautaine devant le curé des Oseraies. Puis allant aux deux jeunes gens.

— Et toi, mon petit Robert, comment vas-tu ? — demanda-t-il avec effusion. — Tiens, ce diable de Marmignac aussi. Voilà de grands et beaux garçons, j'espère !

En parlant ainsi, le religieux s'était défait de son manteau et de son bréviaire. Ensuite, il vint s'asseoir à la place qu'on lui donna à droite de la marquise.

La société la plus aristocratique du centre et du midi de la France, à cette époque, avait fait une sorte de célébrité au révérend père René d'Isarn

de Willamfort. Et en réalité, c'était un homme de
grande portée, vu son intelligence, son esprit insi-
nuant, ses manières recherchées et les influences
secrètes au nom desquelles il paraissait agir.

Jamais soutane ne revêtit forme plus élégante et
ne mit en relief une bonhomie narquoise plus originale. Le révérend père d'Isarn avait de petits yeux
gris qu'il s'efforçait de rendre myopes, et qui de-
venaient, à l'occasion, perçants comme des flèches.
Un tic nerveux soulignait parfois sa parole et lui
donnait un mordant extraordinaire. C'était un
homme de quarante à quarante-cinq ans, de taille
au-dessus de la moyenne, à la démarche vive et à
l'extérieur extrêmement soigné.

Issu d'une ancienne famille, mis en relations de
bonne heure avec des personnages importants, il
avait rapidement franchi, dans l'ordre des Jésuites,
les degrés de cette hiérarchie latente, qui a souvent été l'objet de commentaires passionnés.

J'ignore quelle mission particulière et secrète lui
était confiée. Mais ce bon père était bien l'homme
le plus répandu du monde. Il séjournait dans les
colléges de sa puissante compagnie, juste le temps
nécessaire pour s'attacher les élèves et nouer des
relations avec les familles.

Les jeunes gens ne juraient que par lui dans la
cour des grands. Au parloir, on s'entretenait

volontiers de son dernier discours. Il professait
une éloquence facile, familière presque, émaillée
de récits dont le tour léger était fort attrayant.
Aussi, bien peu de dames résistaient à la tentation
de le choisir pour directeur spirituel. Il y avait foule
autour de son confessionnal, les vendredi et sa-
medi de chaque semaine. Des mondaines qui, à tort
ou à raison, passaient pour négliger depuis longtemps leurs devoirs, revinrent à Dieu par son inter-
médiaire. On lui faisait la réputation d'avoir, suivant l'expression, *la manche extrêmement large.*

Vous vous expliquerez, après cela, la vogue dont
jouissait le père de Willamfort, dans ce va-et-vient
perpétuel, qui mettait en relief des qualités réelles,
et qui ne laissait pas le temps de discerner un seul
défaut.

Mais les travaux spirituels n'absorbaient pas le
saint homme, au point de le laisser étranger aux
préoccupations politiques. Et, à cet égard, coururent
des bruits qui n'étaient pas de nature, aux yeux de
bien des gens, à amoindrir l'importance de cette
personnalité mouvante, sympathique, prenant les
aspects les plus divers dans la pénombre du mystère
de sa robe.

Il était légitimiste, le père de Willamfort. C'était
de tradition chez les siens, et le disciple de Loyola,
en parcourant le monde, ne semblait pas avoir

abdiqué sa qualité de gentilhomme. La compagnie de Jésus n'était pas responsable des entraînements de ce dernier.

On disait de lui qu'il entretenait des relations suivies avec les familiers du comte de Chambord. Il s'en défendait comme un beau diable, aussi prédestiné qu'il fût. Mais on le vit, maintes fois, conférer à l'écart avec des jeunes gens qui, par leur famille, avaient des liens étroits dans le parti. En ces moments, le bon père tirait discrètement de sa ceinture de petits papiers dont la lecture était faite à voix basse et semblait produire une vive impression. On attribuait même à ces publications intimes, la présence non équivoque, sur les murs des écoles, de certains chiffres peu favorables à la durée d'un gouvernement qui a tristement sombré depuis.

Lors de l'envahissement des États Romains, le père de Willamfort redoubla d'activité. Il fit plusieurs séjours à Rome, qui, de la part des initiés, lui valurent un redoublement de faveur. On le revit ensuite, plus au courant qu'une gazette, de tout ce qui touchait aux questions dont le monde entier, chacun se le rappelle, était alors vivement préoccupé.

Après le dîner, presque aussitôt suivi du départ de M. le curé des Oseraies, le père de Willamfort prit à part le marquis et la marquise de Picourdan, qu'il parut entretenir, bien qu'à voix basse, avec la plus vive animation.

Pendant ce temps, Robert et Gontran, les deux jeunes gens, sortirent fumer un cigare sur la terrasse du château.

— Nous allons avoir des nouvelles,— dit Robert de Picourdan à son ami, — le père ne fait pas de visite sans motif.

— A propos de nouvelles, — objecta Gontran, — tu ne m'en as pas encore donné de mademoiselle de Cimaure. Je l'aime cependant plus que jamais.

Robert de Picourdan se mit à rire, et son rire éclatant eut un écho lointain dans le silence de la nuit.

— C'est tomber à merveille ! — s'écria-t-il enfin.— Apprends, mon cher, que la demoiselle de tes rêves se marie demain, au point du jour, avec un banquier de Paris, appelé M. Beaugrand.

Gontran de Marmignac n'eut pas le temps de manifester son désappointement.

— Robert! — appela une voix qui était celle du marquis.

— J'y vais, mon père, — répondit celui-ci.

Puis, se tournant vers le pauvre amoureux :

— Viens avec moi, — ajouta-t-il, — tu ne seras pas de trop.

Ils rentrèrent ensemble au salon. Le marquis se promenait de long en large. Assise à la place qu'elle occupait d'habitude, madame de Picourdan avait violemment ramené sur sa joue une larme qu'elle s'efforçait de dissimuler.

Le jésuite se tenait auprès d'elle.

Jules de Picourdan était allé s'appuyer contre un siége, en face.

Gontran de Marmignac, par discrétion, et comme prévenu que la circonstance était grave, s'était arrêté à deux pas de la porte.

Il y eut un silence que le père de Willamfort rompit le premier.

Sa parole s'adressa directement au fils de la maison :

— Mon cher Robert, — dit-il, — je connaissais depuis longtemps tes bonnes dispositions en faveur de la plus sainte des causes. Le moment est venu où l'Église a besoin de tous les bras dévoués et de

tous les cœurs généreux. J'aurais fait injure à des
sentiments que tu m'as exprimés maintes fois, en
ne te comptant pas au nombre des élus. Mais un
devoir sacré m'ordonnait d'en conférer, avant, avec
le marquis de Picourdan et sa sainte compagne.
L'un et l'autre ont donné un assentiment qui ré-
sume de leur part le plus sublime des sacrifices.
Veux-tu toujours être zouave pontifical ?

Robert de Picourdan, à cette proposition, re-
dressa la tête.

— Mon père, — répondit-il, — je suis prêt à
verser mon sang pour le Pape, de même que je
l'aurais versé pour le Roi.

Une nouvelle larme brûlante étincela sur le visage de la marquise.

— Mon fils, — observa le marquis, — je n'attendais pas moins de toi. Bon sang ne saurait mentir.
Va où t'appelle ta destinée et la tradition du nom
de tes aïeux. La cause que tu vas servir est de
celles qui honorent la vie et la mort d'un gentilhomme.

Il y eut un nouveau silence, durant lequel, pour
taire l'expression de son angoisse paternelle et de
ses doutes, le marquis se retira.

Robert de Picourdan s'était rapproché de sa
mère, qui, dans un élan de tendresse, l'attira sur
son cœur et le tint pressé dans ses bras.

Impassible, le père de Willamfort s'était tourné vers Gontran de Marmignac.

On voyait, à l'attitude de ce dernier, qu'un violent combat se livrait en lui.

— Et toi? — demanda brusquement le jésuite au jeune homme, — que vas-tu devenir? laisseras-tu ton ami partir seul?

Celui-ci resplendit dans sa beauté virile, son admirable tête rayonna sur ses larges épaules :

— Je le suivrai! — s'écria-t-il.

— Je n'attendais pas moins de toi; — approuva le père de Willamfort; et s'avançant vers ce nouveau volontaire, il le baisa au front.

En ce moment, un domestique entra.

— On attend madame la marquise pour la prière, — dit-il.

Bien sceptique est celui que n'impressionnerait pas le spectacle religieux qu'offre la prière du soir, faite par la maîtresse de la maison, dans certains châteaux de province.

Le personnel varie suivant l'exploitation, mais il est toujours nombreux. Domestiques attitrés, bouviers, journaliers, ont pris part au repas. Là sont confondus tous les âges et tous les sexes. Le vieil-

lard frileux et le robuste ouvrier, la femme de
chambre à l'œil vif et la métayère hâlée.

Et tous ces visages divers, dans la grande cuisine aux cuivres reluisants, qui réfléchissent la
clarté de l'âtre et la lumière des lampes appendues aux soupentes fumeuses, forment un ensemble bizarre et mouvant, capable de séduire le
pinceau d'un grand peintre.

Les uns causent, les autres fredonnent des chansons villageoises, parmi ces convives du travail.
Certains, la tête penchée sur leur assiette, som-
meillent déjà en attendant l'heure d'aller reposer.

Mais un bruit de pas s'est fait entendre, une porte
s'ouvre, et sur le seuil apparaît la dame de la maison.

Aussitôt, les têtes se découvrent et s'inclinent.
Tout autour des bancs rustiques, les paysans se
rangent à genoux.

La châtelaine, elle aussi, s'agenouille sur la dalle
humide. Tournée vers un christ, fixé au-dessus du
foyer, elle élève alors la voix pour appeler, sur la
maison, la bénédiction de Dieu. On redit la pieuse
formule, puis, en se relevant :

— Merci, notre madame, — ajoute chacun.

Quelques minutes après, tous ces pauvres corps
fatigués s'endorment dans la paix du cœur sur des
couches qui paraîtraient bien dures, si la conscience
n'y reposait tranquille.

Ce soir-là, au château des Oseraies, la marquise demanda au père de Willamfort de la suppléer auprès de ses serviteurs.

Elle-même, accompagnée de son fils et de Gontran, vint, au rang des plus humbles, prendre part à la pieuse pratique.

Et comme le jésuite avait récité la prière ordinaire, il dit encore en élevant la voix :

— Nous vous prions, mon Dieu, pour notre saint père le Pape et pour ses défenseurs. Envoyez vos consolations divines aux familles de ces derniers. Donnez-leur à eux-mêmes la force nécessaire pour braver les dangers et, au prix de leur sang, s'il le faut, assurer le triomphe de votre Église !

Le front incliné jusqu'à terre, madame de Picourdan avait éclaté en sanglots.

En même temps, sous le rayon d'une lampe, par la porte restée ouverte, on aperçut le marquis qui s'éloignait à grands pas.

Il avait pris part, lui aussi, sans vouloir le paraître, à l'invocation du religieux.

Les serviteurs attristés se retirèrent un à un.

FIN DE LA PREMIÈRE PARTIE.

3.

# DEUXIÈME PARTIE

---

## LA NÉVROSE DU CŒUR.

— Quelle civilisation, que cette civilisation romaine ! Quels souvenirs de décadence ! Quelles
prodigalités ! Quels raffinements ! Quel art ! Quels
païens !... L'imagination la plus exaltée pourrait-
elle concevoir quelque chose de plus grandiose et
de plus délirant à la fois que cette orgie de tout un
peuple dont s'épouvantait Cicéron dans ses lettres
à Atticus !

— Cicéron, vous en conviendrez, avait raison.
Les Césars l'ont bien prouvé.

— Les Césars prouvent tout ce que vous voudrez,
mais jamais on n'a vécu comme à l'époque dont je
parle, et c'est à ce point de vue que je me place.
Qu'est Paris à côté de la Rome d'alors? Que sont
les grands seigneurs, à côté des grands seigneurs
romains?

— Il est évident que les maisons de campagne
d'aujourd'hui ne sont pas soutenues par des colonnes
de marbre de Carryste et de Luna; qu'une table à
manger, en bois de cistre, ne coûte pas, comme
celle de Cicéron, deux cent cinquante mille francs;
qu'une maîtresse de maison ne porte pas, dans un
simple souper de fiançailles, pour huit millions de
bijoux; qu'une statue d'Apollon ne serait pas payée,
comme celle qu'acheta Lucullus, en Grèce, deux
millions et demi de francs. Toutes ces folies attestent plutôt l'abondance du numéraire qu'une supériorité indiscutable.

— Vous êtes trop bon catholique pour être sin-
cère en cette question. Moi, je ne vois rien de formidable, d'inouï, de fabuleux, comme la période
qui a précédé et suivi l'ère des Césars à Rome. Je
ne parle pas des lettres qui sont restées le type
recommandé de la forme et du goût, même par
les disciples du Christ. Mais un niveau égal existait en toutes choses. La peinture, pour être d'ori-

gine étrangère, n'en fut pas moins, avec Par-
rhasius, Zeuxis et Apelle, digne d'admiration ;
quant à la sculpture, on en peut juger d'après le
*Gladiateur mourant*, le *Laocoon*, l'*Hercule*, le
*Taureau Farnèse*, la *Flore* et tant d'autres chefs-
d'œuvre.

— Permettez, le christianisme, en matière d'art,
a adopté sans restriction l'œuvre du paganisme.
Non-seulement il l'a adoptée, mais il l'a perpétuée,
soit en l'imitant, soit en l'idéalisant. N'ayant que
fort peu de choses à envier de ce côté-là, je ne vois
pas ce qui pourrait nous séduire dans une civilisation
où Priape était le principal dieu, et les combats
de gladiateurs la première des réjouissances.....

— Vous avez supprimé, c'est vrai, les combats de
gladiateurs. Vous avez supprimé Priape, sans toutefois éteindre entièrement son culte.

— Je conviens que l'éloignement grandit les
hommes et les choses, mais il faut savoir apporter
un juste discernement dans ces perspectives gros-
sies. Vous rappelez-vous notre excursion sur le
littoral du golfe de Naples, que les Romains appe-
laient la *Coupe d'or*. Au sein de ces contrées magnifiques, Rome avait amassé et chefs-d'œuvre et
richesses. Certes, je suis loin de nier la grandeur
des souvenirs dont nous avons eu le spectacle à

Pompéï et ailleurs ; seulement, bien des gamineries patriciennes nous prouvaient, en même temps, que les hommes ne sauraient beaucoup différer les uns des autres.

Voulez-vous la charge électorale ? On écrivait au couteau, sur les murs :

« *Les orfèvres veulent Plantinus pour édile.* » — Ou bien : — « *Nommez Priscus décemvir ; c'est un bon jeune homme.* » — Voici, maintenant, dans l'ordre simplement grivois : — « *Depuis que j'aime ma blonde, je ne puis plus souffrir les brunes.* » — Et encore : — « *Ma chère Sara, aime-moi, je t'en prie.* » — Et encore : — « *Augé aime Arabiénus.* » — De tels enfantillages, croyez-moi, suffisent pour rétablir un niveau, gradué suivant la corruption de chacun. Or, vous conviendrez que la corruption romaine...

— Je ne la nie pas. Ce qu'on ne saurait nier non plus, c'est que l'excès même de cette corruption engendra de grandes choses.

— Un moment, c'est vrai, mais une fièvre de plaisirs immodérés et contre nature trahit bientôt une irrémédiable impuissance. Même dans les festins, les Romains ne pouvaient plus jouir de leurs prodigalités ; et, quant à ces festins tant vantés, prenez-les par le menu et voyez si actuellement on

ne fait pas aussi bien et surtout à meilleur compte.
Justement, je me trouve en avoir retenu un devenu
historique. Le voici : — « Hérissons de mer, huî-
tres, pelourdes, spondyles, grives, asperges, glands
de mer, orties de mer, becs-figues, rognons de
chevreuils et de sangliers, volailles grasses, tétines,
pâtés de poissons, pâtés de tétines de truie, cer-
velles bouillies, lièvres, volailles rôties, farines,
pains du Picœnum. » Voilà tout. Il y a là des
choses excellentes que nous mangeons tout comme
les Romains et que nous digérons encore. Il y a
d'ailleurs des choses immondes dont pas un de nos
restaurateurs ne voudrait charger sa table. Maintenant, que concluez-vous ?

— Je maintiens que nous sommes en décadence,
tout comme les Romains ; que nous paraissons, dans
notre décrépitude, un peuple de pygmées, au lieu
qu'ils étaient un peuple de géants.

— Erreur, mon cher ami, erreur. Je veux bien
admettre avec vous une décadence qui est dans
l'ordre naturel, mais nous ne tomberons jamais
aussi bas que l'ancien monde. Ce qui vous flatte,
vous, artiste, c'est cette magnificence des grands
et ces fêtes où l'aristocratie romaine déployait le
luxe dont nous avons vu de si beaux vestiges.
Certes, je partage votre admiration, mais ce qu'il

faut également envisager, c'est l'état d'épuisement causé au sein de cette société païenne, par des débauches et un libertinage auxquels l'Asie et l'Afrique, dans leurs exemples de bestiale démoralisation, n'avait plus rien à ajouter. Vous me raconterez tout ce que vous voudrez sur Paris, où quelques poignées de gens non moins corrompus que les anciens, cachent dans le mystère de leur vie des pratiques également abominables. Mais puisque ces gens-là se cachent, c'est que la conscience du peuple en masse les condamne, c'est que la loi elle-même les punit sévèrement. Chez les anciens, au contraire, les cultes les plus impurs, les saturnales les plus effrénées avaient le droit de se produire en publics et jouissaient des faveurs du chef de l'État. Ce dernier, qu'il s'appelât Néron, Domitien, Commode, Héliogabale, renchérissait encore, et il n'est pas de termes exprimant les dégoûtantes turpitudes de la lascivité impériale. Les barbares, ainsi que cela est arrivé, n'avaient plus qu'à se présenter et à prendre. Croyez-vous qu'il en soit de même chez nous ? Non, assurément. Il y a sans doute un grand relâchement des mœurs, et ce qui est plus grave, la foi religieuse est amoindrie. Je n'affirmerai même pas que cet état moral, engendré par une déplorable politique, ne doive nous attirer avant longtemps de bien cruelles leçons, mais la France est une nation encore trop virile et trop saine, pour succomber

sans retour. Là ne sauraient se borner ses destinées, et vous avez grandement tort, et comme
artiste, et comme Français, de comparer, surtout
pour la juger inférieure, notre civilisation à celle
des Romains. Cette dernière, vraiment, nous
ouvre une perspective trop triste et trop déce-
vante !

Le train, en s'arrêtant, coupa court à cette conversation que vous croyez sans doute avoir été
échangée par deux touristes se rendant d'une ville
à l'autre de l'Italie.

Il n'en est rien. Nos deux voyageurs sont partis
de Saint-Lazare pour aller à Saint-Germain, tout
comme le font, chaque jour, les plus simples bourgeois de Paris.

L'un est un garçon d'une trentaine d'années, au
visage ouvert, à la barbe touffue, aux cheveux
coupés en brosse et à l'air sans façon. Le second,
beaucoup plus jeune, mais plus élevé de taille, offre
le type accompli de l'homme du monde.

— Où me conduisez-vous? — a demandé ce dernier.

— Chez les païens de notre époque, —lui répond
son compagnon,—chez les Français de la décadence.

Celui qu'on attire ainsi dans un monde étrange-
ment qualifié, n'est autre que Gontran de Marmignac, l'amoureux fanatique d'Héloïse de Cimaure.

On se rappelle que le mariage de cette jeune fille
avait jeté l'ardent élève des Jésuites dans les rangs
de l'aristocratie catholique, liguée à Rome, sous le
drapeau de Saint-Pierre.

Gontran y fit bonne figure, tout comme ses aïeux faisaient, autrefois, bonne figure à la cour. Il gravit successivement les premiers degrés de la hiérarchie militaire, et chacun applaudit bientôt à sa nomination de lieutenant dans une armée qui comptait déjà des notabilités parmi ses simples soldats.

Après Mentana, le rôle des zouaves pontificaux fut considérablement amoindri. Déplorant l'inaction commandée par les événements, le jeune officier rentra en France où l'appelait, d'ailleurs, l'état de maladie de son père, qui ne tarda pas à succomber.

Les devoirs de piété filiale remplis, Gontran partit pour Paris où il se fixa, en attendant l'occasion favorable de reprendre l'épée. Ce changement de domicile n'avait aucun but immédiat. Le jeune homme se proposait simplement d'étendre le domaine de ses connaissances, autant que ses aptitudes, ses goûts et sa fortune le lui permettraient. A ces dispositions fort légitimes, il faut joindre le secret espoir de rencontrer la jeune femme dont le souvenir, loin de s'effacer, depuis trois années, était, au contraire, devenu plus pressant et plus impérieux que jamais.

Marmignac s'installa donc de son mieux dans un petit appartement qu'il avait pris rue de Rome. Il y vécut d'abord fort retiré, se livrant presque exclusivement à l'étude ou à la contemplation intérieure de celle que les circonstances lui feraient peut-être, un jour, retrouver.

Pour hâter ce moment, il ne se livra d'ailleurs à aucune recherche. Selon lui, Héloïse de Cimaure ne consentirait jamais à entendre l'aveu d'une passion qu'il lui était impossible de favoriser, sans manquer à ses devoirs. Il valait donc mieux qu'elle ignorât le culte secret de dévouement, de respect et d'amour dont elle était l'objet de la part d'un inconnu.

Pour appartenir à une famille où l'on enlevait jadis fort cavalièrement les demoiselles, on conviendra que Marmignac se montrait peu présomptueux. Et cependant ses avantages extérieurs et ses qualités morales semblaient particulièrement aptes à brusquer le dénoûment d'une aventure galante.

Pendant que le jeune officier était à Rome, dans les salons aristocratiques où il allait fréquemment, on s'était beaucoup entretenu touchant certaines rivalités féminines qui s'agitaient autour de lui. Son extrême réserve, qui ne se démentit jamais, calma tour à tour ces petits dissentiments mondains. Il est vrai qu'une telle indifférence donna lieu à diverses plaisanteries qui furent vertement relevées et sévèrement châtiées.

Loin de moi la pensée d'établir tout système. Qu'il me soit néanmoins permis d'observer ici un fait qui n'est sûrement pas nouveau et que d'autres auront sans doute relaté avant moi. Les tempéraments les plus robustes, les plus actifs, peuvent être contenus, modifiés et asservis à une seule cause déterminante. Cet asservissement n'est pas instantané, mais il se produit à la longue, sous l'influence d'un état psychologique constant.

Élevé dans un milieu où les jeunes imaginations sont tournées vers les choses divines, Marmignac avait donné à son amour le caractère mystique qui embrasse toutes les forces vives d'un individu. Ce mysticisme, doublement secondé par l'aventure d'une sorte de croisade en plein dix-neuvième siècle, porta la passion du zouave pontifical au degré d'exaltation et de fanatisme qu'avait atteint la cause religieuse elle-même. Il en résulta un asservissement tel de la nature physique, par le moral, que pour mon personnage il n'y avait plus qu'une femme au monde : Héloïse de Cimaure.

Un matin, aux premiers beaux jours de l'année
1868, Marmignac, en rentrant de faire une courte
promenade, rencontra un peintre nommé Andreux,
avec lequel il avait été très-lié en Italie.

Après quelques explications échangées de part
et d'autre sur leur présence commune à Paris, Andreux prit son ami par le bras, et l'entraîna dans
la direction de la gare Saint-Lazare.

— Il faut que vous me suiviez à la campagne, —
dit-il à Marmignac. — Bien que je ne vous amène
pas dans la maison du bon Dieu, on vous recevra à
bras ouvert. Venez, c'est sans cérémonie, et vous verrez de quoi vous instruire en un jour, comme ne le
sont pas, après des années, bon nombre de Parisiens.

Marmignac refusait, mais le peintre ne voulut
rien entendre. Il avait pris deux billets à la hâte
et, tirant son compagnon après lui, il le pressa pour
monter en wagon comme le train allait partir.

Nous avons entendu déjà la conversation des
deux jeunes gens, durant le trajet de Paris à Saint-
Germain. Rejoignons-les maintenant, un peu à
l'écart de la ville, avant qu'ils n'aient franchi la
grille d'une charmante propriété découpée en château d'opéra-comique, dans un massif effrangé de
la forêt.

C'est Andreux qui parle :

— Vous avez souvent entendu dire que Paris est l'auberge du monde. La maison où je vous conduis peut, à juste titre, passer pour un des nombreux cabinets de cet auberge. Une femme qui, malgré sa jeunesse, a une redoutable expérience de la vie, en fait les honneurs; on l'appelle Elvire Brémont. Ses protecteurs sont quelques financiers plus ou moins recommandables, qui mènent de pair les affaires de cœur et les affaires d'argent. Du boudoir on passe à la banque, c'est parfois très-scabreux. Quant aux gens qui séjournent ou ne font que paraître, ils sont de tous les pays et de tous les mondes. Fils de famille en dèche, courtiers véreux, substituts dégommés, prosateurs inconnus, journalistes vidés, joueurs décavés; des cabotins, des cabotines, des marquises sans parchemins, des comtesses de carrefour, des faiseuses de mariages, des diseuses de bonne aventure, des vertus en circulation, des demi-vertus, des drôlesses de la pire espèce, voilà le contingent français; il exploite plutôt qu'il ne rapporte. Le contingent étranger est tenu de payer l'addition et la casse. Anglais, Allemands, Russes, Italiens, Espagnols, Polonais, Valaques, se rencontrent là avec des Australiens, des Californiens, des civilians de la Compagnie des Indes, des noirs et des sang-mêlés d'Haïti, des Turcs, des Égyptiens, des Chinois, et autres gens sans nationalité, de même que sans aveu. On y parle à la fois toutes les langues, on y porte tous les costumes, on y répand toutes les monnaies, surtout la fausse. C'est une halle où chacun achète ou vend, trafique, brocante, dupe et pille. Personne ne prend garde à vous, c'est à chacun de défendre sa peau et sa bourse.

Marmignac, à cette peinture, ne put s'empêcher de rire.

— Et c'est dans cet endroit que vous me conduisez? — demanda-t-il à Andreux.

— Parfaitement, — répondit celui-ci. — Vous verrez, c'est très-drôle. Au reste, rien de tout cela ne paraît à la surface. On y respire à l'aise comme ailleurs, les fleurs y viennent très-bien, et Elvire Brémont est la plus jolie personne qu'on puisse rencontrer... Savez-vous qu'elle a parfois de violents caprices, cette jeune Elvire? Fait comme vous l'êtes, et soldat du Pape, ce qui est rare... Ma foi, mon cher...

Le peintre poussa la grille, qui était entr'ouverte.

Une meute de petits chiens anglais, espagnols, havanais, se déchaîna aussitôt après les visiteurs.

— Ici, Froufrou ! ici, Darline ! taisez-vous Birk !
-- cria une voix dans le jardin.

« Tiens ! c'est Andreux ! — s'écria la même
voix.... En même temps, un flot de jupons glissa
parmi les arbustes, le long des plates-bandes, et la
maîtresse de la maison, dans un élégant déshabillé
du matin, vint elle-même recevoir les deux amis.

Le peintre présenta Martignac.
Elvire enveloppa ce dernier d'un regard rapide.
— Soyez le bienvenu, — dit-elle. — J'ai bien
besoin qu'on songe un peu à me distraire. Il y a
huit jours à peine que je suis ici et déjà je m'y
ennuie à mourir... Tournez donc par ici, Andreux :
nous sommes tous là-bas, sous les arbres.

La compagnie était déjà nombreuse. Les hommes
parlaient affaires : valeurs, chemins de fer, entreprises de toutes sortes. Les dames dissertaient sur
les modes : chapeaux, robes, chiffons. Puis, c'était
les théâtres, les bals. On discutait de tout et de
tous. On mordait, déchirait... Les réputations éta-
blies, les célébrités acquises étaient les plus mal-
menées. Une anecdote scandaleuse amenait çà et là
une explosion de rires.

Une heure ou deux s'écoulèrent ainsi. Marmi-

4

gnac avait fait plus ample connaissance avec Elvire
Brémont, qui se montrait prévenante à son égard.

Elle était vraiment supérieure en beauté ainsi
qu'en intelligence aux autres femmes présentes.
Elle s'exprimait avec une grande vivacité de langage ; les saillies étaient le plus souvent heureuses.
Sa personne d'ailleurs se révélait sous l'aspect le
plus attrayant. Son teint mat, sa chevelure brune,
sa gorge bien prise, la sveltesse de sa taille, le dé-
veloppement des membres, la finesse des attaches
expliquaient suffisamment la vogue et la fortune de
la courtisane.

L'officier aux zouaves avait mis quelque attention à considérer Elvire Brémont. De prime-abord,
une ressemblance lointaine l'avait frappé. Il y avait
dans cette organisation délicate et forte, des traits
saillants d'analogie avec un portrait autrefois tracé
par la plume juvénile de Robert de Picourdan.
Mais l'esprit de Gontran ne se fût jamais prêté à la
plus légère comparaison entre les charmes enso-
leillés d'Héloïse de Cimaure, et les formes d'Elvire
Brémont, assombris par l'empreinte indéfinissable
des désordres secrets et des excitations factices.

Sur ces entrefaites, l'attention générale fut attirée
par le bruit d'une altercation.

Une comtesse de l'endroit, ayant plutôt l'air d'une perruche que d'une femme du monde, avait trouvé charmant de s'attribuer une origine à la Cervantès, empanachée des titres les plus ronflants. Malheureusement, il se trouvait là un colonel espagnol, qui, incité par Andreux, nia sans ménagement aucun cette prétention exhorbitante. Des explications on en vint aux gros mots, et l'on ne s'en fût peut-être pas tenu là, sans un grand diable de Gascon qui tourna le tout en plaisanterie.

— Oui, — s'écria-t-il, en donnant une tape amicale à la dame, — oui, doña Juana-Serafina, comtesse de Montembrèche, en France, quoi qu'on puisse dire, contester, argumenter, je te déclare ici la plus grande de toutes les Espagnes. Nul ne saurait le nier, c'est moi qui l'affirme !

Là-dessus, le Gascon se tourna vers l'Espagnol :
— Mon colonel, — ajouta-t-il confidentiellement, — c'est sa toquade ; laissez-la tranquille. Elle est la femme séparée de corps d'un ferblantier de la rue Saint-Denis.

Profitant des rires provoqués par l'incident qui précède, Elvire Brémont s'était penchée vers Marmignac.

— Ces gens-là me fatiguent, — dit-elle, — allons faire ensemble un tour de jardin.

Et, s'attachant au bras du jeune homme, elle prit par les allées ombreuses en se dirigeant vers la maison.

— N'est-ce pas que je me suis fait un joli petit nid? — questionna Elvire, en montrant son domaine, dont l'adorable fouillis les environnait d'une buée odorante de plantes et de fleurs. — Il faudra m'y venir voir souvent.

— Je vous remercie, madame, d'une offre aussi aimable, — répondit Gontran, — mais je mène une existence très-retirée. Il a fallu, vraiment, que mon ami insistât beaucoup... Il est vrai que j'en ai été bien récompensé par l'accueil que vous m'avez fait.

— Oh! vous savez, — exclama Elvire, — ici, on est tout de suite de la maison. Ce qui m'a plu d'abord, c'est que vous ne ressemblez en aucune façon aux gens qui me visitent. C'est si banal, monotone et vide, la vie que je mène. Il est vrai que je prends gaiement mon parti. Ainsi, ne vous en gênez pas. Plus souvent je vous verrai, plus vous me ferez plaisir. Entendu, conclu ?

En parlant ainsi, la jeune femme glissa dans la boutonnière de Gontran une magnifique rose qu'elle tenait à la main.

— Est-ce conclu ? — demanda-t-elle encore en plongeant son regard rempli de promesses dans les yeux du zouave pontifical.

Celui-ci évita de poser en principe galant les conclusions qu'on lui offrait. Il le fit avec une habileté qui annonçait une certaine science de la stratégie du cœur.

— Vous marivaudez admirablement, — lui fit observer Elvire, — mais vous ne promettez rien.

— C'est donc la crainte de ne pouvoir tenir, — riposta Gontran.

— En ce cas, moi qui vous tiens, — s'écria la jeune femme, — je ne vous lâche plus. Peut-être serai-je assez forte, sinon pour vous captiver entièrement, du moins pour vous ramener.

Et ils continuèrent ainsi leur promenade, elle tantôt sérieuse, tantôt enjouée, et toute curieuse de connaître davantage les péripéties diverses et brillantes d'une vie d'aventures et de hasards.

Gontran parla de sa courte carrière, sans pré-

4.

somption et sans fausse modestie. Il eut des accents
d'une vérité touchante pour peindre ses impressions,
durant son séjour en Italie.

Elvire s'arrêtait parfois pour contempler furti-
vement ce jeune homme au visage d'une beauté sévère, dont la voix éveillait en elle comme une hymne
de tendresses inassouvies. Cette femme hautaine, qui
affectait le plus souvent d'avoir un cœur de roche
et dont le persiflage pour tout ce qu'on respecte allait jusqu'au cynisme, s'éprenait insensiblement
de ce conteur mystique, du langage imagé duquel
semblaient jaillir de magnétiques étincelles de passion. Sous le regard pénétrant et doux de ce soldat
fier de ses dévouements, elle sentait couler plus
fort son sang de courtisane, et des ardeurs inconnues
depuis longtemps lui montaient au cerveau.

— Prenez, — dit-elle tout à coup à Gontran en
lui mettant à la main une poignée de fleurs qu'elle
avait distraitement cueillies une à une durant cette
promenade. — Vous allez m'aider à porter cela chez
moi. Imaginez-vous que ma femme de chambre
croirait se déshonorer en mettant, de temps à autre,
un bouquet sur un guéridon.

Elvire avait gravi les degrés du perron. Gontran
la suivit et pénétra avec elle dans un rez-de-chaus-

sée dont une épaisse tapisserie dissimulait l'entrée.

A la suite d'une antichambre mystérieusement drapée, ils traversèrent un petit salon mauve dont les meubles d'une indolente fantaisie s'étalaient au milieu d'un grand encombrement de tableaux, de bronzes et d'émaux.

On pénétrait de là dans un salon octogone à panneaux fond rouge et noir alternés, sur lesquels s'enlevaient des danseuses à demi vêtues de tissus transparents. Il n'y avait pour tout mobilier que de larges divans circulaires et la draperie. Le milieu était occupé par une vasque de marbre, remplie de l'eau qu'épanchait une coupe portée sur deux naïades.

— Je reconnais là le pinceau d'Andreux, — dit Gontran qui s'arrêta pour donner un coup d'œil aux figures de femme, qui lui rappelaient des peintures restées célèbres.

— C'est de lui en effet, — reconnut Elvire, en soulevant une portière derrière laquelle s'ouvrait une chambre à coucher tapissée d'une étoffe de soie couleur chair avec quatre glaces de Venise formant panneau de chaque côté. Un lit très-bas, drapé de satin rouge-cerise, éclatait par ses tons tranchants sur le fond clair de cette retraite, et après avoir embrassé presque entièrement le tapis également rouge, s'élevait à longs plis flottants jusqu'au plafond.

La courtisane n'avait fait que traverser. Elle appuya légèrement de la main contre un panneau qui s'ouvrit et donna accès dans un cabinet de toilette fort vaste où les minces objets d'utilité féminine s'étalaient avec les recherches et le luxe dont l'art les environne. Une grande fontaine de marbre entretenait l'eau dans les bassins, auprès desquels, sur des crédences, on voyait en grand nombre des coupes, des plateaux, des vases et des aiguières en argent ciselé.

— Donnez-moi mes fleurs, — dit Elvire en débarrassant le jeune homme. — Bon, les voilà ; elles me parleront de vous un jour ou deux au moins.

— Ça sera bien long.

— Mais non... Sont-elles bien, comme cela, tout en désordre ?

Et la jeune femme, en parlant, élevait l'aiguière où elle avait mis ses fleurs.

— Maintenant, —reprit Elvire, — je vous chasse, car il faut que je m'habille avant dîner. Mais j'y songe... Il ne serait pas généreux, de ma part, de vous renvoyer tout seul, parmi des gens que vous ne connaissez pas. Restez ici, plutôt. La toilette d'une femme n'a rien qui puisse effaroucher un jeune officier.

— *Aux zouaves pontificaux*, — souligna Gontran.

— C'est vrai, il y a une nuance. Oh ! mais je me doute bien que les zouaves pontificaux, tout comme les autres, ont eu aussi leurs bonnes fortunes.

— C'est possible, mais je l'ignore.

— Vous mieux que personne, êtes à même de le savoir. Remettez-vous donc là, tout près, et pendant que je m'accommoderai les cheveux, vous me raconterez des histoires d'amour. On n'a pas habité comme vous l'Italie, parmi tant de belles patriciennes, fidèles à la cause de la papauté, sans en avoir gardé la mémoire.

En parlant ainsi, la courtisane fit glisser le long de son corps sa robe du matin, qu'elle poussa du pied à l'écart ; puis, avec un brusque mouvement de tête, elle dénoua sa chevelure dont les nattes abondantes couvrirent, d'une sorte de manteau, l'impudeur d'une tunique flottante en valenciennes, que retenaient à peine, à l'avant-bras, un nœud de faille rose.

— J'écoute, — insista-t-elle, — en élevant devant une glace son bras arrondi au-dessus de la tête, afin d'y répandre le contenu d'un flacon pris au hasard.

L'abandon provoquant de cette belle fille, l'harmonie irritante du singulier aménagement qu'il

venait de voir, avaient laissé Gontran de Marmignac
insensible.

Assis sur une chaise basse, à deux pas de ces
formes moulées par la nature, de ces chairs dont un
voile opulent affichait les reliefs et les dépressions,
il gardait la contenance qu'il aurait prise partout
ailleurs, devant une toile de maître, ou les froides
nudités d'un habile ciseau.

— Vous me demandez, madame, — dit-il, en
souriant, — de vous parler des patriciennes fidèles
à la cause de la papauté. J'en ai vu, en effet, de
bien belles, mais je dois reconnaître, ici, que vous
ne le cédez à aucune en beauté.

— Voilà qui est parfaitement trouvé!... — s'écria
Elvire.— Décidément, vous êtes le Salomon de la
galanterie. Mais, alors, que va-t-il advenir de votre
sagesse?

— Elle restera ce qu'elle est... bien peu de
chose, je vous assure. Une impression, un souvenir, ou bien que sais-je...

— J'y suis. Vous n'avez jamais aimé. Il est indigne d'un jeune guerrier, tel que vous, de dire à
une femme...

— Vous vous méprenez, madame. Je n'ai jamais
estimé qu'il était indigne d'un homme d'avouer son
amour. Ce qui me semblerait indigne, ce serait
d'affirmer un amour que je n'éprouverais pas.

— Voilà, pourtant, une indignité bien fréquente de nos jours, mon lieutenant.

— Je n'en disconviens pas. J'exprime une manière de voir personnelle.

— Votre morale est sévère, je trouve. Elle condamne à un régime bien dûr.

— Que j'ai toujours suivi.

— Raison de plus pour en être fatigué.

— Nullement.

— Ah çà ! mon cher, vous n'êtes pas encore un saint !

— Loin de là.

— Qu'êtes-vous donc?

— Un homme qui attend...

— Et espère?

— Pourquoi pas.

— Et l'objet de cet espoir ?

— Une femme.

— Vous oubliez que je suis là. `

— Mon respect, au contraire...

— C'est juste. Etes-vous fort en apologues ?

— C'est selon.

— Laissez-moi vous en conter un, — dit Elvire en laissant retomber brusquement ses cheveux, pour s'approcher de Gontran.


— Je connais une femme, — elle n'a pas beau-

coup plus de vingt ans, — qui, dans sa première
jeunesse, s'éprit d'un être imaginaire, vers lequel
elle se sentait portée... Un tel rêve réalisé eût fait
la joie de toute une vie.... Survint la Misère, cette
marâtre qu'accompagnent l'Envie et la Faim...
Et la jeune fille, oubliant sa vision, étouffant sa
honte dans un sanglot, se donna d'abord pour
rien... dans l'attente d'un morceau de pain. Et
quand elle eut mangé, elle se donna pour un ruban,
ensuite pour une robe... Quand elle eut une robe,
elle se vendit ; elle se vendit jusqu'à ce qu'elle pos-
sédât des diamants, des voitures, un hôtel, un château !... Et, dans ce triomphe de ses convoitises,
lorsque la pauvre femme plongea son regard en
elle-même... la vision avait disparu.

— Voilà une histoire bien sombre, — reconnut
Gontran.

— Attendez, je n'ai pas fini, — dit Elvire.
Celle qui avait vécu de l'amour, sans le connaître, fut prise, à son tour, de l'ardent désir d'aimer.
Elle chercha parmi ses adorateurs celui qui parle-
rait à son âme, celui qui ramènerait la vision en-
chanteresse des jours d'innocence et de foi. Hélas !
nul ne fit vibrer les cordes de la lyre divine, nul ne
ramena l'image fugitive d'un bonheur qui semblait
à jamais perdu. Et la prostituée s'abandonna de

nouveau à sa chair, et s'évolua dans la nuit des étreintes vénales, des embrassements mensongers. Mais un jour comme aujourd'hui, le hasard lui fit rencontrer un homme dont la vue seule répandit en elle un rayon de clarté, un sentiment régénéra.eur de la vie...

Je crains vraiment de vous fatiguer, — s'interrompit Elvire, — mon histoire est bien longue...

— Non, non, continuez, — insista Gontran.

— Ne devinez-vous pas la fin? — demanda la jeune femme.

— J'entrevois plusieurs dénoûments.

La courtisane réfléchit:
— Supposez, — hasarda-t-elle, — que je sois l'héroïne de ce triste récit et que vous soyez, vous-même, le personnage qui intervient en dernier.

— Moi! — s'écria Gontran.

Elvire s'était laissée glisser sur un coussin, aux pieds du jeune homme, et là, pelotonnée, les mains jointes, les yeux brillants, le visage renversé, les épaules frissonnantes:

5

— Oui, toi ! — murmura-t-elle. — Qu'aurais-tu
fait ? N'est-ce pas que tu l'aurais prise dans tes
bras et que, la serrant bien fort sur ton cœur, tu
aurais calmé en elle cette soif dont elle était dévorée?
N'est-ce pas, que tu aurais réchauffé sa pauvre
âme engourdie, expirante, dans un corps succombant au poids de ses insomnies, de ses fatigues et
de ses dégoûts? Ah ! si tu savais quels trésors de
tendresse , quelles tempêtes d'amour s'amassent
parfois dans le sein des pauvres filles meurtries,
battues, avilies, au milieu de la foule qui s'en fait
un hochet, qui les emporte, les exalte un instant,
et les traîne ensuite au ruisseau !... N'est-ce pas que
tu aurais tendu la main à cette pauvre victime des
vices d'autrui, que tu l'aurais relevée, afin de lui
donner sa part de jours paisibles, de joies honnêtes,
du bonheur sans remords ?...


En parlant ainsi, Elvire se pressait contre
Gontran, et s'attachait à lui de ses deux bras
enlacés.


Dans cet état de surexcitation physique, au milieu
du désordre moral provoqué par ce brusque retour
vers un passé misérable, le dernier voile, comme
un léger brouillard, s'était évanoui du flanc de la

courtisane, et, de sa nudité frémissante, montait la
chaude effluve d'une passion fougueuse et déchaî-
née.

Gontran ne fit aucun effort pour se dégager. Son
beau visage respirait le même calme, la même
sérénité.

— Pauvre enfant! — dit-il, en adoucissant le
plus possible sa voix. — Tu me demandes de t'aider
à remonter le courant de la vie; de te sauver de toi-
même et des autres, en t'accordant, que sais-je?...
Comme si de rapides instants pouvaient racheter
ou remplir des jours et des années!... Certes, autant et plus qu'une autre femme, tu es de nature à
inspirer les sentiments qui t'animent à l'heure présente. Malheureusement, entre tous les hommes, je
suis peut-être le seul qui ne saurait les partager.
— A moi aussi, dès la première jeunesse, apparut
une image vers laquelle se portèrent à la fois mes
rêves de tendresse et d'avenir. Tous mes désirs,
toutes mes ardeurs, tous mes élans se concentrè-
rent dans cette fantasmagorie charmante, ombre ou
fantôme, qui ne me quittait plus... Quel ravissement! quel transport! Un jour, cette image m'apparut sous une forme humaine de jeune fille. Elle
avait toutes les candeurs, toutes les transparences,
toutes les harmonies de la beauté. Et mon âme tres-

saillit au rayonnement extérieur de cette créature
pleine de grâces à laquelle je me croyais uni, avant
même de l'avoir rencontrée... Une destinée inexo-
rable brisa les espérances, dissipa l'illusion et montra la froide réalité. Je ne l'ai plus revue, cette
jeune fille devenue femme, et ne la reverrai peut-
être jamais. Mais son culte, loin de s'éteindre en moi,
n'a fait que grandir. A ce culte, mes sens sont
pour toujours asservis.

Elvire, en écoutant ces paroles, s'était insensiblement écartée de Gontran. Puis, se levant tout
à coup avec brusquerie, elle jeta sur ses épaules le premier vêtement qui lui tomba sous la
main.

— Vous vous êtes mépris, — s'écria-t-elle, —
d'autant que ce n'était pas de moi qu'il s'agissait. Je vais vous finir, en deux mots, mon histoire... La femme qui, dans un moment de lassitude
ou de désœuvrement, voulait ainsi s'offrir la comédie improvisée d'un sauvetage moral, reçut une
leçon dont l'exquise urbanité était la marque d'un
suprême dédain. Elle comprit, sans se le faire ré-
péter, qu'on ne remonte pas aisément le courant de
la vie, et qu'un soldat du Pape peut rester iné-

branlablement attaché à ses... premières amours.
Est-ce cela ?

— C'est cela même.

— Donnez-moi une poignée de main et soyons
bons amis ; je n'ai pas de rancune.

Quelques instants après, Gontran de Marmignac rejoignait son ami Andreux. Ce dernier était triomphant : il avait failli faire battre la comtesse avec le colonel espagnol.

— Si vous saviez, mon cher, — exclama le peintre, — ce que ces gens-là sont amusants, quand on les prend pour ce qu'ils sont et qu'on n'a rien à démêler avec eux !... Je n'ai qu'à dire, un jour, que j'ai trouvé un bonhomme plusieurs fois millionnaire, qui m'a chargé de lui procurer une entreprise. A cette nouvelle, ils sont tous sens dessus dessous. Le colonel espagnol va faire une révolution à Madrid. Le Gascon veut installer une roulette dans le col des Pyrénées. Celui-là, cet abruti, demande à fonder un journal démocratique et social. Cet autre, ce petit-crevé d'illustre naissance, me prie de lui prêter vingt mille francs pour trafiquer de son nom et flibuster la fortune de quelque négociant, assez bête pour lui donner sa fille. Ce mulâtre que vous apercevez là-bas, s'écrie dans son idiome sauvage qu'il se fait fort de tout : qu'avec vingt millions il construira des chemins de fer dans son pays, et élèvera un Panthéon par-dessus le marché.... Voyez le beau placement ! Une île où l'on s'égorge trois

cent soixante - cinq jours de l'année et où les
souverains disent encore, alors même qu'on leur
tient le couteau sur la gorge : « Ma démission, la
voilà. La clef de la caisse, jamais ! » — Il n'est pas
jusqu'à la comtesse qui n'ait aussi ses projets. Et les
petites dames, c'est celles-là qu'il faut entendre!...
Ce qu'il y a de plus récréatif en tout cela, c'est que
chacun de ces personnages voit un rival dangereux
dans son voisin. De là les *attrapages* du genre de
celui de la comtesse et du colonel. Encore, ce que
vous avez vu et ce que je vous raconte ne sont rien.
C'est Elvire qui pourrait vous en apprendre autrement long. Tous, l'un après l'autre, lui ont conté
leur petite affaire. Tous lui ont assuré une part dans
les bénéfices. Tous lui ont rabâché qu'elle n'avait
qu'à vouloir pour pouvoir ; qu'à sa demande
M. X***, banquier, et M. Z***, banquier, ne manque-
raient pas.... Quelle *scie*, hein ! mais aussi comme
elle vous les *rembarre !* Ah ! ils n'en sont pas moins
empressés pour cela. L'éventuel ne leur fait pas
oublier le positif... Ici, l'on dîne bien et l'on boit
sec. Aussi, pas un ne se rebute. C'est partout
la même chose à Paris. Les gens riches, pour se
distraire, ont toujours une clientèle de décavés ou
d'ambitieux. Celle d'ici est merveilleuse; on ne
s'en lasserait jamais. Les personnages sont triés.
Tous vous offriront des millions, si vous êtes assez
gentil pour leur *prêter* cent sous. En revanche,

quand il vous faudra quelqu'un capable de tuer
père et mère, ne vous en gênez pas.


Andreux, auquel je laisserai toute la responsabilité d'un langage aussi imagé, fut interrompu par
l'arrivée d'un monsieur de quarante-cinq ans environ, gros, gras, bouffi, à moitié chauve, qui paraissait absolument satisfait de lui-même.

— Bonjour, Andreux,— dit le nouveau venu d'un
air protecteur.

— Bonsoir, mon prince, — riposta le peintre. —
Vous arrivez bien tard, aujourd'hui. Madame Brémont était déjà inquiète.

Ne m'en parlez pas! — s'écria le gros homme,—
en arrivant à la gare, ma voiture a essuyé un choc
et s'est brisée.

— Seriez-vous blessé?

— Non, heureusement. Mon cocher, lui, est à
moitié mort. Je l'ai fait transporter à son domicile ;
cela m'a pris du temps. Pardon, à tout à l'heure ; je
vais, un instant, voir Elvire.


Là-dessus, celui qu'Andreux avait appelé *mon
prince*, rentra allégrement à la maison.

— Quel est ce prince? — demanda Marmignac, qui devinait une amère ironie.

— Ça, répondit Andreux, — c'est quelqu'un avec qui il faut compter. Je lui donne une qualité qu'il n'a pas, parce que lui-même s'imagine l'avoir, de par son argent. Il ne se trompe qu'à moitié. Bien qu'il ne soit pas à la tête des grands crédits modernes, il occupe cependant une place digne d'envie. Ici, il est le dieu de la machine. Elvire le considère comme son maître et son amant. Il prime parmi plusieurs étroitement unis ensemble, et ce qui n'était, dans le principe, qu'une confraternité de vices, de dettes, de besoins et d'ambitions est devenu, par un coup heureux de la fortune, une source abondante de largesses et de prodigalités. Le monsieur que vous venez de voir, mon gentilhomme, aurait montré pendant dix ans des singes bien élevés sur le boulevard extérieur, ainsi que les jambes hypertrophiées de la belle Auvergnate, au square Montholon, qu'il n'en serait pas moins ce qu'il est, et qu'on lui tirerait le chapeau.... Comment a-t-il commencé, lui et les siens? Par où la plupart des gens que je vous ai montrés finiront: par la misère. Durant quinze ans, le protecteur d'Elvire, à Paris, n'a eu d'autre problème que celui-ci, le plus difficile : — « Étant donné : rien; trouver chaque jour quarante sous

pour manger et ne pas tomber d'inanition contre une
borne. »Pendant quinze ans, il a résolu le problème;
que dis-je! il l'a surpassé. Et ce bonhomme, non content de manger lui-même, donna aussi à manger à sa
*smala*. Ce qu'il fit pour cela est un poëme, un tour de
force, un chef-d'œuvre. Il recourut à l'emprunt, cela
va sans dire; mais il aida ce dernier de mille indus-
tries savantes et paresseuses, qui embrassèrent à
la fois la version latine, les mathématiques trans-
cendantes, des combinaisons inouïes dans le jeu de
piquet, une audace que nul ne surpassa au trente et
quarante, à la roulette et au baccarat. Personne ne
releva, comme lui, un crétin taxé d'idiotisme par les
facultés. On le vit, dans une semaine, passer trois
examens de baccalauréat, et cela moyennant la
somme modique de cinq louis par tête. Le soir venu,
les cinq louis firent parfois sauter la banque et la cer-
velle des joueurs, dans les tripots où l'on ne craignait rien tant que le voir, à cause de sa veine insolente et du mépris avec lequel il triomphait de
la galerie.

« Ah! mon cher, ne vous y trompez pas! Cet homme
n'était pas le premier venu. Entrevoyant la possibilité de payer ses dettes, il fit une fois une addition
au résultat de laquelle il n'avait pas songé. Il devait cent mille francs!... Ce qui eût atterré un autre
homme, le plongea dans le ravissement. Dès lors,
il se vit riche, puissant, honoré. Il fit de son passif,

une société en commandite et, lui, simple particulier, prêta trois mois après, des millions à des souverains. Vous croyez que j'invente, c'est à la lettre.
M. Gogo s'éprit de ce personnage et, grâce à
deux ou trois entreprises sûres, il devint une puissance, un nabab. Commissions, dividendes affluaient
dans sa poche. Il aurait dit, en montrant le nègre de
la rue du Pont-Neuf, qui avale des étoupes enflam-
mées : — « Voilà l'héritier présomptif d'un trône
que je veux relever sur les côtes de l'Afrique. » —
On lui aurait répondu : — « Va pour le nègre! A
cent pour cent, le nègre ! Rien qu'un premier ver-
sement, le nègre ! Actions remboursables au pair,
le nègre ! Vivat ! » — Ainsi posé, le banquier songea au mariage. Il fut servi à souhait. Une créature
charmante consentit à porter son nom. Des fêtes
magnifiques se succédèrent. On envia le sort de l'heureux époux.... Hélas ! la vie est ainsi pavée de
cruelles déceptions ! Celui qui aurait donné la moitié de sa récente fortune, pour devenir un mari modèle ; celui-là vit, tout à coup, se dresser entre lui
et sa nouvelle compagne la terrible barrière que
quelques instants suffisent à rendre infranchissable.
Il comprit, mais trop tard, que le mariage a des devoirs réciproques et que l'épouse n'accorde de tendresse qu'en échange des tendresses qu'on peut lui
témoigner. Quelle révélation pour le pauvre viveur!
A côté de cette jeune fille innocente, étrangère aux

séductions misérables, son cœur défaillant eut le
sort d'une ruine, qui, passé l'hiver, s'effondre soudain, au soleil du printemps. Arraché par le ridicule
de la couche nuptiale encore vierge, le banquier s'est
réfugié dans les bras d'Elvire qui, tout en faisant
grand bruit des susceptibilités bourgeoises, a tiré
de la situation le meilleur parti qu'elle a pu.

— Et vous appelez ce banquier ? demanda anxieu-
sement Marmignac.

— Oh ! il est bien connu ! répondit le peintre, —
c'est Beaugrand.

En ce moment la cloche annonça le dîner. De
tous les points du jardin, surgirent, par groupes, les
convives.

— Andreux ! — appela Elvire qui, en toilette de
ville, s'était avancée sur le perron.

— Me voilà ! — dit le peintre, en s'empressant
vers la dame.

— Mon petit Andreux, — lui dit celle-ci, j'ai encore un service à vous demander. Il faut que vous
me fassiez le portrait en miniature de votre ami,
le lieutenant.

— Comment ! Déjà ?...

— Dès demain, mon cher. Voudra-t-il poser ?

— J'ai une photographie de lui, cela suffira.

-- Bien, très-bien. Je compte sur vous.

Une minute après, tout le monde était à table, dans une salle à manger décorée avec un luxe analogue à celui du reste de la villa.

Une place restait vide, celle de Gontran de Marmignac, qui avait subitement disparu.

La maîtresse de la maison feignit ne pas s'en apercevoir, mais élevant la voix, la première :

— Je commence par vous prévenir, — dit-elle,— que ce soir j'ai l'intention de me *soûler !*

## UN MÉNAGE PARISIEN.

Que le lecteur veuille bien m'accompagner, maintenant, au sein même du ménage sur l'intimité
duquel le peintre Andreux a soulevé le voile.

Autant l'intérieur, que nous avons traversé, d'Elvire Brémont, produit de notes criardes et de dis-
sonances, autant celui-là se distingue par la sage
disposition des tentures et du mobilier, par le discernement des couleurs. On sent qu'un esprit élevé
a disposé ce cadre où se déploie avec un jour grandiose un luxe étranger aux mesquines recherches,
aux effets de mauvais aloi.

Un type unique a présidé à l'ordonnation de ce
vaste local, occupant tout le premier d'une des plus
belles maisons de la rue Caumartin. Jamais, sous
Louis XVI, un financier n'affecta à son installation
un argent aussi utilement et aussi largement dé-
pensé. Une dame d'honneur de Marie-Antoinette se
retrouverait à l'aise dans ce milieu où le confort
souhaite la bienvenue aux grâces de bon ton, aux
élégances de bon goût.

Certes, nous ne saurions attribuer à M. Beaugrand l'honneur de semblables dispositions. En

matière d'ajustements, bien plus qu'en toute autre chose, il faut chercher la femme.

Que le lecteur veuille donc traverser avec nous ce grand salon où les tapis ont été à peine foulés, où les siéges semblent s'offrir à des visiteurs sur lesquels ont été tirées les portes à double battant, et qui ne reviennent pas.

Soulevons discrètement la portière de ce boudoir attenant. L'atmosphère est tiède, parfumée... On y vit, on y pense. Une jeune femme est là, retirée dans ce petit espace dont une bibliothèque et un bureau occupent tout le fond. Des journaux, des revues, des brochures, des livres sont éparpillés sur les meubles. Quelques plantes décoratives dans des vases, un bouquet de fleurs jeté sur un guéridon, complètent cette mise en scène bourgeoise.

Le front dans sa main, le bras appuyé à l'angle du bureau, la jeune dame est immobile. Elle lit ou elle rève; on ne sait pas. A la voir ainsi, dans sa robe flottante de cachemire des Indes, on la prendrait pour une statue.

A portée de sa main est un grand buvard où s'étalent des pages volantes écrites d'une main inégale, tantôt ferme, tantôt tremblée, tantôt lente, tantôt hâtive. Je prends au hasard quelques-uns de ces feuillets où la pensée intime est sans doute venue se réfugier, aux heures de solitude. Je transcris pour le lecteur,

*Premier feuillet.* — Je viens de lire une pièce de
vers souverainement maussade... Cet assemblage de
grands mots, ces redondances dissimulent mal la vul-
garité de l'auteur! C'est un paysan qui joue le gentilhomme, sans se départir de sa lourdeur native et de
son gros parler béat. Pour traiter de pareils sujets, il
faut des natures autrement délicates. On assure cependant que l'Académie a couronné cet insipide poëte.....
Qu'est-ce que cela prouve? l'Académie, faute de mieux,
peut couronner un imbécile; elle n'ordonne pas, pour
cela, de l'admirer.    .    .    .    .    .    .    .    .    .    .    .

.    .    .    .    .    .    .    .    .    .    .    .    .    .    .    .    .
    Le portrait qu'on trace de M. X***, dans le journal,
est charmant, à mon avis! Il est impossible à la plume
de rendre une physionomie plus vivante. Pauvre M. X***!
Comme preuve évidente de sa valeur, je ne veux que
celle-ci : la haine qu'entretient contre lui M. Beaugrand... Pour faire bondir celui-ci, je n'ai qu'à lui
parler de M. X***. Hélas! qu'ai-je besoin de faire enrager
M. Beaugrand !    .    .    .    .    .    .    .    .    .    .    .    .

.    .    .    .    .    .    .    .    .    .    .    .    .    .    .    .    .


    Mon père a enfin daigné rompre un long silence de
trois mois. Les entreprises industrielles... c'est comme
cela, très-absorbant. On songera des années entières à
un four à chaux, à une forge, à une exploitation minière.
A sa fille... allons donc! Pauvre père, pourquoi faut-
il que tu aies été toujours si occupé? Je t'aime bien
cependant, mais qu'en sais-tu? Quand je te le disais,

tu marmottais entre tes dents des choses incohérentes, des conclusions de marchés ou des cours de produits alimentaires...

Il m'apprend, ce bon père, qu'il est en procès avec le marquis de Picourdan. Évidemment, il fallait égayer ce voisinage. — « Ah ! le marquis a dit cela ! Moi, je soutiens le contraire ! » — « Le marquis prétend que cette clôture est à lui... Jamais ! je saurai bien lui prouver qu'elle m'appartient ! » — Voilà les bons voisins de campagne ! Le marquis n'a garde de faire autrement que mon père. C'est comme chien et chat. On dirait qu'ils s'en veulent l'un à l'autre de n'être pas bons amis...

J'ai passé ma soirée d'hier dans un théâtre où l'on est convenu de s'amuser. M. Beaugrand aime cela, lui. A ses yeux, rien ne vaut ces bouffonneries... En sortant, j'étais écœurée, il me semblait que tous les artistes sentaient le vin.

*Deuxième feuillet*. — Mon couturier m'a apporté la toilette que je lui avais commandée.

Quand la mettrai-je ? Pourquoi la mettrai-je ? Pour qui la mettrai-je ?

Mon mari daigne à peine m'accompagner dans le monde où son nom m'a introduite.

C'est peut-être prévention de ma part; je m'y sens mal à l'aise. A quoi tient l'empressement mêlé de curiosité dont je suis l'objet? Ces chuchotements sur mon passage, ces silences des hommes, ces sourires méchants des dames sont pour moi une gêne et un désenchantement.

Quand je me considère, je suis tout comme mes semblables, et dans ce que je fais ou ce que je dis je ne trouve rien qui puisse me mettre ainsi en évidence, d'autant qu'il n'est personne à qui je tienne à plaire...... Et, quant à avoir la moindre prétention de ce côté, cela m'est sans doute interdit, puisque M. Beaugrand, tout le premier, se détourne de moi. Pourquoi alors ne pas me laisser à mon humilité? pourquoi ne pas en user vis-à-vis de moi, comme on le fait généralement à l'égard des dames que je connais?

Un moment, j'ai attribué cette attention, trop soutenue pour être polie, qu'on me prête, aux diamants que je tiens de ma mère. Ils sont, en effet, admirables, et je conçois qu'on y prenne garde. Mais j'ai supprimé les diamants, et le même fait qui me choque se reproduit chaque fois.

Mon isolement, que puis-je y faire? Il n'est que trop

réel, et l'abandon de M. Beaugrand est manifeste. Est-ce ma faute, à moi, si je n'ai pas su lui plaire?... Comment d'ailleurs, lui aurais-je plu?... c'est à peine si je le vois. Les affaires, le cercle, l'absorbent entièrement. Il a toujours sa montre à la main, dans la crainte de manquer un rendez-vous important.

Il est quelque part, je le sais, une demoiselle Elvire Brémont, plus favorisée que moi. Il faut croire aussi qu'elle a d'autres mérites. Mon mari ne se fait certainement pas faute de la visiter. Pour elle, il ne manque pas de loisirs. Quel charme secret, quelle attraction, quel magnétisme peuvent rendre cette femme si forte? Aime-t-elle?... Mais tout me le dit : j'aimerais, moi aussi... quelqu'un qui m'aimerait!

Et pendant que la *maîtresse* de mon mari est recherchée, courtisée, adulée, moi, je reste seule. Si je me montre, on me poursuit de regards indiscrets, on parle de moi tout bas, comme si mon existence avait quelque chose de caché, comme si mes actions comportaient ces réticences, ces cachoteries... Je suis abandonnée, voilà tout. C'est peu, sans doute, et cependant, quel triomphe pour les envieux ! quel riche canevas pour ceux qui font parade d'esprit !

Dans un monde plus généreux, ma situation digne

d'intérêt, je crois, loin de nuire au respect qui m'est dû,
m'attirerait, au contraire, des égards. Il n'en est pas de
même dans le monde de M. Beaugrand. Ici, on aime à
se donner la comédie sans payer les fauteuils. Parmi
toutes ces femmes arrachées pièce par pièce au comp-
toir paternel, ces maîtresses devenues femmes légitimes, on trouve très-récréatif, très-*drôle*, de rencontrer
une jeune femme plutôt jolie que laide, ayant été *plantée
là* (c'est l'expression) par son mari... Et, au lieu de
reprocher à ce mari son... inconstance, on trouve plus
équitable d'accuser la femme, soit de froideur, soit de
dureté, que sais-je encore! de mauvais procédés peut-
être.


— Ah! elle sait porter les robes comme une marquise! — se sont dit sans doute les commères de la
banque. — Ah! elle a des diamants qui feraient damner
une religieuse!... Eh! bien, attends un peu...


Je les vois comme si elles étaient présentes, ces créatures aux traits durs, enrubannées et fagotées, à l'égal
du bœuf gras... Il me semble les entendre parler leur singulière langue où le doit et avoir tient la première place.


Eh bien! évidemment je suis de trop auprès d'elles,
mais qu'y puis-je? c'est mon père qui l'a voulu. La
société commande le reste. N'est-ce pas assez de paraître étrange?... que saurait-on attendre encore?...

Et pour M. Beaugrand :

— Quel homme aimable ! — s'écrie-t-on, — quelle intelligence d'élite ! quel avenir pour lui ! N'est-ce pas dommage qu'il ait cédé à un entraînement passager pour une provinciale ? Une femme ayant des idées fausses sur tout ! marchant comme sur des épingles ! se mettant comme une cocotte ! Égoïste ! vaine !... Qui récite des prières ! Qui ne sait pas le prix de l'argent, le cours de la rente ! qui refuserait de se prêter à quelque affaire que ce fût ! Qui estime qu'un usurier est un voleur !... Fi ! la mauvaise *acquisition* que M. Beaugrand a faite là !... Lui si judicieux, si clairvoyant, si habile en toutes choses... En vérité, il était aveugle, ou bien on l'aura trompé !

M. Beaugrand, qui connaît son milieu, feint d'ignorer ces choses-là. Il en rirait d'ailleurs, je pense, comme il rit de tout, car il ne croit à rien, pas même à lui, ce qui est très-sensé de sa part.

Seulement, il m'a dit ces jours derniers :

— Héloïse, vous ne mettez donc plus vos diamants, quand vous allez en soirée ? Prenez garde, ces choses-là tirent à conséquence. Il n'en faut pas davantage pour nuire dans l'esprit public. On s'imaginerait vite que j'ai dû réaliser ces valeurs pour faire face à quelque difficulté, ce qui heureusement ne saurait être. Mais rappelez-vous bien que dans les affaires on s'effarouche de

tout et de rien. Le grand secret, à Paris, c'est de paraître avoir cent sous, quand on n'a pas un rouge liard, et
c'est alors qu'on a le plus besoin d'argent qu'il faut
paraître en avoir davantage. Ne négligez donc pas de
petits détails, qui entre nous semblent puérils, mais
qui ont, d'ailleurs, une immense portée. Parez-vous de
votre mieux, portez tous vos diamants : ils sont très-
beaux. Notre position exige ce déploiement de luxe;
c'est le miroir aux allouettes. Au reste, ma fortune, qui
s'équilibre de jour en jour, permet cet *étalage*. Mais
notre situation serait difficile, qu'il n'en faudrait pas
moins faire bonne figure, sous peine de sombrer entièrement. Je suppose même que nous soyons un jour
obligés d'engager votre rivière qu'on estime si cher.
Eh bien! il faudrait immédiatement en commander une
en faux identiquement semblable. Voilà comment cela
se pratique à chaque instant. Ces valeurs, aujourdhui,
ne sont plus qu'une réserve, un fonds de crédit. Il faut
savoir s'en servir, à l'occasion, soit pour grossir le gain,
soit pour parer à la perte. Dans tous les cas, il faut en
faire le signe d'une inébranlable prospérité!

En entendant ce langage, j'ai eu toutes les peines du
monde à retenir mes larmes. — O ma pauvre mère,
voilà donc le cas que l'on fait de votre mémoire! —
Décidément, on a raison, je ne suis et ne serai jamais
qu'une provinciale !

*Troisième feuillet.* — Ainsi exposée à des contraintes, à des froissements continuels ; jetée au milieu d'un monde que je ne puis admettre et qui ne m'admet pas ; souffrant de ce que je vois, de ce que j'entends ; torturée par ces mille coups d'épingles secrets qui résultent fatalement de ma situation ; le cœur débordant d'amertume, je ne puis que m'enfoncer dans ma solitude et demander à l'oubli du présent un apaisement nécessaire au physique comme au moral.

Et plus je me retire de l'existence actuelle, plus le souvenir du passé me domine et me sollicite. Je revis dans cette transition de jeunesse, que je prenais pour l'assurance d'un avenir meilleur... Tout, jusqu'au paysage de la vallée de mon père, est présent à ma mémoire, et les lointains aromes de ses prairies me montent encore au cerveau.

Que d'éclats de rire ! que de jeux ! entre ces deux collines, sous les trembles et les peupliers de la Double, aux eaux si limpides !

Là-bas, l'église, à laquelle j'allais, chaque semaine, porter un tribut de fleurs et de prières ! Par ici, les moulins et le roulement monotone des volants emportés dans le tourbillon de leur chute.

Et pour tous bruits, le soir, le bêlement des troupeaux

qu'on ramène, la cloche de l'Angelus, la chanson du bouvier qui s'attarde, l'aboiement plaintif du chien qui s'effarouche des grandes ombres, à l'entrée des hameaux, parmi les clairs de lune.

Quelles bonnes années de soleil et de grand air, au milieu de ces villageois esclaves de mes désirs ! Quelle moisson de caresses et de friandises, sous ces toits paisibles où m'accueillait, les bras ouverts, la grosse paysanne endimanchée !

Quelle exubérance de vie me grandissait alors dans l'éclat de rire et les rouges couleurs de l'enfance ! Quelles belles nuits de sommeil où revenaient en songe les refrains et les contes de la vieille nourrice, qui me tint lieu de mère, car la mienne était morte peu de temps après ma naissance !

J'entends encore les vieilles épopées de la brave femme, l'hiver, quand la bourrasque grondait sur les toits, et que les grands arbres de l'avenue gémissaient sous le vent.

Et son refrain favori !

En passant par la Lorraine,
Avec mes sabots,

Ils m'appelèrent vilaine...
    Avec mes sabots, dondaine,
        Oh! oh!
    Avec mes sabots!


Qui me rendra cette joie du cœur, cette paix de
l'âme, cette ivresse sereine d'une enfance adulée? Et
cette innocence respectée à l'ombre des couvents, dont
la vie ne déchira le voile que pour révéler le mensonge,
dont mon être s'épouvante et se révolte? . . . . . .

. . . . . . . . . . . . . . . . . . . . .

Vainement, je m'efforce de réprimer les mouvements
désordonnés de moi-même. Cette lutte douloureuse me
laisse atterrée.

Mon caractère s'aigrit; je ne puis rester en place;
les parfums m'énervent; la nourriture me répugne; le
rire ou les pleurs me viennent involontairement; je rêve
tout éveillée et je ne puis dormir; j'ai froid et chaud
en même temps; mon cœur se gonfle, ma poitrine est
oppressée.

Si c'est une maladie, ô mon Dieu! que vous m'envoyez, faites qu'elle soit courte! Qu'ai-je à attendre
sur terre? Rappelez-moi à vous et donnez-moi le repos.
Rien ne m'attache. Le monde me repousse, Le calme
lui-même m'abandonne, et le trouble qui m'agite me
fait crier vers vous. Rappelez votre créature; éloignez

6

d'elle les incertitudes et les défaillances! Prenez sa vie!

*Quatrième feuillet.* — Est-ce une épreuve? Est-ce un châtiment?... Le ciel se ferme; ma foi chancelle; ma raison est obscurcie par les sens...

Que vais-je devenir, ô mon Dieu, si vous m'abandonnez!....

Je cherche autour de moi un appui, un soutien..... On me délaisse, on m'abandonne, on me fuit. Vainement je pleure et me tourmente... la terreur me glace.....

Comment ma vie peut-elle ainsi être vouée sans but à des accidents contre lesquels ma volonté se brise?

Que devient pour moi la destinée commune? Pourquoi ne suis-je pas assujettie aux mêmes lois? Pourquoi mon sort est-il différent et plus rigoureux?

Dès le berceau, ma mère disparaît, et mes caresses enfantines s'adressent à des mercenaires. Un père trop soucieux de ses intérêts me regarde à peine. Grossir la dot qu'il me donnera, à cela se borne sa sollicitude.

Je grandis, je me développe, la nature paraît vouloir me faire oublier, en me comblant de faveurs, l'indifférence qui accueille mes premiers pas.

Le ciel s'éclaire, tout sourit à la jeune fille. La fortune vient au-devant d'elle. Les fleurs, les riches étoffes, les parures, rien ne manquera à son bonheur. Un homme se présente pour lui donner son nom, sa tendresse.....

Tous ces trésors du cœur amassés dans cette vie qui commence vont enfin revenir à quelqu'un. Enfin, ces intimités de l'être, ces besoins d'épanchement, ces mots qu'on ne prononce qu'à deux, vont emporter l'élan d'une âme, trop longtemps fermée aux choses de ce monde !...

Vaine attente !

Me voici, maintenant, dupe de toutes ces promesses.....

J'ai fait ce que la société me commandait de faire, et la société ne m'a rien donné en retour. A qui prodiguer l'étreinte de ces bras ; les baisers de ces lèvres ? Personne auprès de moi, personne !

Et j'entends une voix indignée qui me crie :

— Pourquoi serais-tu déshéritée ? Que faire de ton innocence outragée ? Où est ta part d'épouse ? Ta part de mère ? Où est le but originel de tes jours ?...

J'ai vécu plus de vingt ans déjà de la vie de mes semblables...

Pourquoi ? Comment ? Il m'est impossible de le dire.

Plus je m'interroge, plus je reste convaincue que pas un battement de cœur n'a répondu au battement de mon cœur ; que pas une pensée amie n'est allée au-devant de la mienne.  .    .    .    .    .    .    .    .    .    .    .    .

.    .    .    .    .    .    .    .    .    .    .    .    .

Pourquoi cette image revient-elle ? Pourquoi ce souvenir ? Ce rêve ?... Serait-ce pour rendre plus cruelle encore ma triste destinée ?

Une tête d'ange ! Un jeune homme... pendant que l'autel resplendissait, que la prière montait vers Dieu....

Je me rappelle cette brusquerie sauvage. Ce léger contact qui me fit tant rougir... ce regard étincelant...

Cet enfant, devenu homme, se souvient-il seulement de la jeune fille qu'un regard de lui troubla si profondément ?...

Il est loin de moi, sans doute, et je ne le reverrai jamais. Et pourtant c'est à lui que je dois la plus douce émotion de jeunesse...

Pourquoi y penser encore ? Pourquoi évoquer ce passé gracieux, envolé comme une ombre ?

Pourquoi cette image se représente-t-elle à moi sans cesse ? Pourquoi cette obsession de chaque instant, si l'amour qu'elle exprime n'est qu'une dernière illusion, un vain fantôme ?

Mais, s'il est vrai que cet homme se souvienne ainsi que je me souviens ; que son amour ait bravé le temps pour ramener, au sein de la nuit qui m'environne, quelques clartés du ciel ?...

Qui que tu sois, je t'appelle... Viens à mon aide, à mon secours ! Viens me parler de l'amour qui peut encore me faire vivre, puisque c'est de l'amour qui m'est refusé que je meurs !... Larmes, fatigues, dégoûts, douleurs, révoltes, m'entraînent dans un effroyable vertige. Tout ce que j'avais de bon en moi se tait ou m'abandonne... il ne reste plus que ténèbres, épouvantes, lâchetés... Viens à celle que tu aimes et qui te tend les bras ! Viens, avant qu'il ne soit trop tard, m'arrêter au bord du gouffre qui me ravit à moi-même et à toi !

6.

Sans toutefois y ajouter la moindre gravité,
M. Beaugrand s'était aperçu de bonne heure du
malaise moral et physique que s'efforçait de dissimuler Héloïse.

Un jour, par hasard, le banquier avait rencontré
un camarade de collége, devenu, depuis, un des
professeurs les plus distingués de la Faculté de
médecine.

— Comme cela se rencontre à merveille ! — s'é-
tait écrié M. Beaugrand, après avoir renoué connaissance ; — j'ai ma femme qui est souffrante et
vous m'obligeriez infiniment en la venant voir.

La visite avait eu lieu dès le lendemain. A la
suite, le docteur consentait à partager le déjeuner
du banquier.

Et comme M. Beaugrand sollicitait quelques
éclaircissements, le professeur, qui avait à préparer
son cours, se lança dans un chapitre de considérations que je prendrai la liberté de rapporter ici.

C'est le médecin qui parle, sur ce ton familier
qu'autorise sa supériorité et une entière confiance
dans l'intelligence de son interlocuteur.

— Mon cher ami, la génération actuelle, chez les
Parisiens, rend un détestable service à notre so-

ciété. Oubliant qu'ils doivent le jour à des mères vertueuses, la plupart des jeunes gens, parmi nous, se font un titre de gloire de vivre en la compagnie de créatures sans but, avilies, qu'une bourrasque de couleurs affiche et qu'un tapage de gros mots met en faveur. La notion exacte de la femme se perd rapidement dans ce commerce de galanterie excessif, et les conséquences d'un tel oubli ne sauraient être que funestes... Dans les siècles primitifs, on s'était plu à considérer la femme comme un être convenu, qu'on modifiait suivant les races, les besoins, les tempéraments. Son sort variait à l'infini. Les uns l'excluaient du genre humain, d'autres l'exaltaient à l'égal d'une divinité. Ceux-ci en faisaient un reine ; ceux-là une bête de somme. Tous en abusèrent au point qu'elle devint une cause de décadence et d'asservissement.... En Asie, en Afrique, ses rapports incestueux, ses prostitutions n'eurent pas de bornes. En Grèce, Hélène, Aspasie, Laïs, Glycère, Thaïs, Rhodope, secondées par les prêtresses de Vénus, enguirlandèrent le vice sans paralyser ses tristes effets. A Rome, César, qu'on admire encore, mérita *l'honneur* d'être nommé le mari de toutes les femmes et... réciproquement. Caligula se vanta d'être l'empereur des vices mêmes. Quant à Messaline, Juvénal raconte ses abominables exploits... Le monde moderne arracha la femme au cloaque où l'avaient plongée les civilisations primitives. En lui enseignant ses devoirs, on lui rendit le sentiment de sa dignité. Poursuivant désormais le but de sa nature originelle, elle devint la compagne assidue de l'homme, la source féconde de la vie, l'âme de la famille, l'avenir d'un peuple fort. Toute la société moderne repose sur la donnée du mariage, l'observance de sa foi et de son institution. En dehors, dans ses voluptés, la femme n'est qu'un être dangereux, car au don de créer, elle joint celui de détruire, et, du moment qu'elle ne fait pas vivre, elle ne peut que faire mourir... Mais le vieux monde avait légué au nouveau le levain de ses abus. Ce qui avait été un envahissement général se reproduisit d'abord d'une façon isolée et presque latente. Cette initiative due aux grands grossit à la longue, et fit enfin irruption sur le théâtre même où la civilisation romaine avait violemment succombé. L'exemple des Borgia eut rapidement acquis le droit de cité en France, avec les Médicis. Les réactions les plus violentes, par la suite, ne purent en conjurer les effets. Les digues rompues sous Louis XIV, laissèrent le torrent s'écouler sous Louis XV, et la Révolution, tout en abattant des têtes, ne fit que transmettre à la bourgeoisie un mal jusque-là circonscrit par les prérogatives du rang et de la fortune. Maintenant que les hommes sont égaux, ils sont également corrompus par les enseignements du passé, mais la fortune territoriale émancipée,

maintient toujours la sauvegarde de la famille.
Malheureusement... — c'est dans l'ordre des choses
humaines — cette dernière institution est atteinte
par les germes malfaisants que dégage le flux des
corruptions. Dix-neuf siècles amassent bien des im-
puretés qui passent dans le sang des générations.
La névrose! La névrose! telle est la résultante de
tout cela. C'est la maladie de notre époque, le coup
de cloche qui prévient notre société! La névrose!
c'est la pâle mort qui chevauche sur l'anémie et la
chlorose, dans un sinistre cortége de vapeurs, de
changements soudains, de crises momentanées, d'é-
vanouissements, de syncopes, de fièvres, d'halluci-
nations, de délires, et qui traîne insensiblement ses
victimes à la tombe. La névrose! c'est la maladie
dont on s'égaye quand elle commence, dont on s'é-
pouvante quand elle s'affirme, dont on désespère
quand elle sévit. La névrose! c'est cette douloureuse impressionnabilité qui cause des accidents de
toutes sortes accompagnés d'angoisses auxquelles
la raison ne résiste pas toujours. La névrose! c'est
cette douce mélancolie qui poétise les boudoirs et
dont le fouet implacable arrache bientôt des pleurs
et des grincements de dents. La névrose! c'est
l'inconduite des uns, la fausse éducation des autres,
les revers chez ceux-ci, l'ambition effrénée chez
ceux-là ; le manque d'air, l'alimentation insuffisante,
l'étude opiniâtre, la fatigue de l'esprit et des sens.

La névrose ! c'est la pieuvre endormie dans nos
chairs, qui se réveille soudain, développe lentement
ses bras terribles, promène la terreur de leur contact, les appesantit sur les artères qu'elle torture ;
qui se répand, s'élargit, gagne les poumons dont
elle aspire le souffle, le cœur dont elle comprime
les battements, la gorge dont elle boit le sang, le
cerveau qu'elle paralyse, l'épine dorsale dont elle
dessèche les moelles. La névrose ! c'est l'imagination tourmentée du désir et d'un monde peuplé
de fantômes, de spectres, de larves, de griffons ; le
cauchemar continuel des crimes les plus épouvan-
tables, des combats que se livrent entre eux des
êtres inouïs, immondes, fantastiques, horribles. La
névrose ! c'est l'appauvrissement du sang, le désordre de l'économie, la perturbation du goût, l'ab-
berration du sens moral, l'avilissement de l'intelligence ; c'est l'impuissance, la stérilité ou, si par
malheur elle engendre, c'est le rachitisme et l'idio-
tie !... Voilà, messieurs les beaux viveurs, voilà,
le mal dont vous êtes les apôtres, dont vous accé-
lérez la besogne, comme s'il avait besoin de stimulant ! voilà le mal qui vous emportera certainement
car ceux qui vivent trop vite, meurent plus vite
encore !...


— Mon cher docteur,—fit observer le banquier,—

votre thèse me paraît vraiment magnifique et parfaitement fondée. Mais elle ne me dit pas ce que vous pensez de l'état de madame Beaugrand.

— Je conclus, — reprit gravement le docteur. — Les jeunes gens qui, à Paris surtout, font un si beau gaspillage de patrimoines et de jeunesse, sont rapidement forcés, pour soutenir un genre de vie qui les pose, d'embrasser une carrière, n'importe laquelle, pourvu qu'elle rapporte. Les besoins sont hâtifs, la fortune est fugace. Il faut travailler longtemps, lutter plus longtemps encore... Un jour, enfin, l'horizon se dégage : l'avenir apparaît clément. C'est l'heure d'équilibrer la situation par le mariage... Il a lieu !.. L'époux compte quarante, quarante-cinq ans. L'épouse en a vingt tout au plus. Monsieur est chauve, obèse ; ou bien il a tous ses cheveux, mais il est pâle, exténué ; madame, grâce à son éducation, est mince, délicate, souffreteuse. Pour donner de l'expansion à son tempérament, il faudrait la vie commune avec un homme en pleine sève, une nature vive, exubérante, à la santé contagieuse... Et comme il ne saurait en être ainsi, dans un mariage de convention : névrose ! névrose ! S'il vient des enfants : névrose !... Autre cas, c'est par lui que je finis. Supposez que notre ancien viveur se marie avec une de ces belles créatures, .

comme on en voit encore, dont le regard brille, la lèvre s'épanouit, le corsage craque.... Qu'adviendra-t-il de cette femme ?... Névrose ! Névrose encore ! La névrose du cœur !..... C'est-à-dire la plus difficile à guérir, parce que le remède est incompatible avec le devoir. La plus terrible, parce qu'elle entraîne fatalement, parfois, à des fautes dont la société ne saurait admettre l'irresponsabilité.

— Docteur ! n'exagérez-vous pas un peu ? — se récria M. Beaugrand qui se reconnaissait trop bien.

— Voilà les idées que je vais développer aujourd'hui, — expliqua le docteur ; — ma préparation n'est pas mauvaise, n'est-ce pas ?... A présent il me sera facile de m'étendre sur un mal qui par ses symptômes et certains effets se rapproche beaucoup du premier. Il remonte aux mêmes causes et les plus savants auteurs jusqu'à nos jours n'ont pas même pris la peine de le définir, estimant qu'il ne différait que par son degré d'intensité. Il y a beaucoup à dire à ce sujet. Un fait bien certain, c'est que le *nervosisme*, passé certaines limites, engendre la névrose. Mais de même qu'on peut être atteint du *nervosisme* sans avoir une névrose, de même on peut avoir une névrose sans passer par le nervosisme. Le nervosisme ! Voilà encore une expiation pour les joyeux viveurs !

— Et pour madame Beaugrand, — interrogea le banquier, non sans quelque anxiété ?

— Pour madame Beaugrand, mon cher ami, — répondit le docteur, — je ferai tout ce qui dépendra de moi, soyez-en sûr. Mais pour obtenir un heureux résultat, il faudrait vous rajeunir, vous, de vingt ans..... quant à vieillir la malade d'autant, ce qui serait bien dommage, je dois également y renoncer. En sorte qu'il faut attendre le mieux sans le chercher, et le prendre comme il viendra.

La-dessus le professeur, d'un air narquois et content de lui, était allé faire son cours.

Ce colloque d'amis, je devrais presque dire ce cours préparatoire, avait eu lieu quelque temps avant la soirée que nous avons passée chez Elvire Brémont.

7

Au nouveau tableau que lui avait fait son ami, et
à la révélation qui l'accompagnait, Gontran de Marmignac, glissant parmi les convives d'Elvire Brémont, avait gagné la grille de la villa, pour courir,
éperdu, jusqu'à l'embarcadère.

Il revint à Paris, sans pouvoir se rendre compte
de ce qui se passait en lui. Évidemment, il était à
la veille d'une de ces journées fastes ou néfastes
qui sont le point de repère des destinées. La femme
qu'il n'avait pas osé chercher se retrouvait comme
par enchantement, et la voix intérieure, qui a tant
d'écho dans certaines natures, lui criait : — Cette
femme est à toi !

Beaugrand !... Ce nom avait fait tressaillir le
zouave pontifical.

Dans sa faconde, le peintre Andreux n'avait
pas pris garde à l'effet produit par ses indiscré-
tions.

Mais le lecteur se le rappelle, sans doute.
Le même nom, en des circonstances différentes,
avait autrefois jeté Marmignac dans les aventures
lointaines, dans les insouciances de la vie ou de la

mort, là-bas, sous le ciel qui, par ses effluves, ses panoramas, ses souvenirs, est le stimulant le plus emporté des passions malheureuses.

Aujourd'hui, le même nom ramenait l'espérance et découvrait soudain le bien suprême de toute une vie dévorée par l'attente... Et de tous les trésors qui font le lien des unions éternelles, un seul était perdu, celui que des lois peuvent retenir, mais que l'immensité de l'amour sait rendre : la Liberté !

Cette femme, à laquelle Gontran se sentait rivé dans l'infini de l'être, cette Héloïse si belle, il la reverrait, dans sa pureté, dans sa fleur, ainsi qu'elle lui apparut sous les voûtes radieuses du temple où Dieu se complaisait.

Dans un élan de passion, le soldat s'agenouilla devant son épée. Une hymne de reconnaissance monta vers le ciel.

Gontran comprenait désormais pourquoi le sort des batailles ne lui avait pas été funeste, à lui qui appelait, chaque fois, la mort, ne sachant, à part la foi des martyrs, quelle foi donner à sa jeunesse. Et maintenant, il se reprenait à aimer la terre ; ses regards y percevaient des clartés ineffables et ses sens, réveillés en sursaut, faisaient fête aux voluptés inconnues.

Cette nuit passa comme un songe.

Au matin, Gontran était encore debout dans son cabinet de travail qu'il avait fébrilement parcouru durant plusieurs heures.

Il ouvrit sa fenêtre toute grande, au-devant du soleil qui montait lentement à l'horizon de pierres de la capitale.

Pour la première fois, le jeune officier sentit courir dans ses veines un long frémissement d'enthousiasme. Il se pencha sur cette ville encore endormie et, dans le sein de ses splendeurs reposées, son âme accourut, joyeuse, saluant, au loin, le réveil de la Bien-aimée !

— Ah! monsieur, quel malheur pour ces pauvres
gens !— s'écria la vieille bonne, en entrant quelques
instants après, afin de prendre son service. — Imaginez-vous, là-haut, tout à côté de ma chambre, au
sixième, loge une famille composée du père, de la
mère et de trois enfants. La journée du père suffisait
à peine à nourrir tout ce monde. Or, cet homme a
fait, hier, une chute épouvantable qui le rend pour
longtemps incapable de travailler. Que vont devenir
la pauvre femme et ses petits enfants?

Vivement touché de cette misère qui se révélait
ainsi, tandis que son cœur était dans la joie, Gontran de Marmignac prit aussitôt un billet de cent
francs et le remettant à la bonne :
— Vous porterez cela de ma part à ces malheureux, — dit-il. — Prévenez-les en même temps que
j'irai moi-même, dans la journée, m'informer de
leurs besoins.

. . . . . . . . . . . . . . . . . . . . . . .

Après déjeuner, Gontran de Marmignac s'habilla,
et comme il sortait pour monter chez ses protégés, il
fut arrêté sur le carré par sa vieille servante.
— Monsieur, — dit confidentiellement cette der-

nière, —une jeune dame vous précède chez les gens
que vous allez voir. C'est la dame, je crois, du pa-
tron au service duquel est le blessé.

— Qu'est-ce que cela peut me faire? — fit observer Marmignac, puis se ravisant tout à coup :
— Quelle est la profession de ce malheureux? —
demanda-t-il.

— Cocher, — répondit la bonne, — chez un banquier, m'a-t-on assuré.

— Cocher ! — répéta le jeune homme en montant l'escalier deux à deux — Non... cela n'est pas
possible. Héloïse... ici...

L'escalier s'était brusquement rétréci : un seul
étage restait à gravir.

Gontran ralentit son ascension. Le cœur lui battait bien fort. Un secret pressentiment lui disait
qu'Héloïse était là...

Et cet homme aux forces athlétiques se prenait
à trembler. Pour la première fois de sa vie, il se
trouvait hésitant.

— Monte ! monte donc ! lui criait une voix intérieure.

Et lui ne montait que timidement, la main crispée
sur la petite rampe, la poitrine rendue haletante
par l'émotion.

Un corridor flanqué de plusieurs portes s'ouvrait en haut de l'escalier.

Au fond, percée dans la soupente du toit, une petite fenêtre donnait le jour.

Gontran se dirigea vers cette fenêtre par laquelle il vit, sans y prendre garde, l'horizon tout hérissé de toits.

Il respira à pleins poumons. Revenant ensuite sur ses pas, il s'arrêta devant chaque porte, sans oser frapper.

On ouvrit.

Une jeune bonne en frais de toilette, demanda, par l'entre-bâillement, ce qu'on désirait.

Deux mots la mirent au courant.

— Madame Jacques ! — appela-t-elle bien fort.

Une porte en face cria sur ses gonds, et laissa voir une femme aux traits hâves, qui tenait un petit enfant sur les bras.

— Par ici, monsieur, — dit-elle.

Gontran rappela à lui tout son courage.

— N'est-ce pas à vous, — demanda la brave femme en lui livrant passage, que je dois le généreux secours de ce matin ?

— Ne fallait-il pas pourvoir de suite aux soins qu'exigeait l'état de votre cher blessé ? — hasarda le jeune homme qui se trouvait maintenant dans une petite pièce tenant lieu de cuisine.

Et pour reprendre contenance, Marmignac se pencha vers deux enfants blonds qui faisaient de petits cris joyeux en se roulant sur le plancher.

— Jacques ! — s'écria leur mère, — voici le monsieur qui t'a envoyé cent francs.

En parlant ainsi, la femme du blessé précéda Gontran dans la pièce voisine.

La tête enveloppée de linges sanglants, le bras en écharpe, le cocher était immobile sur son lit.

Auprès du lit, se tenait une jeune dame extrêmement belle dont le visage portait l'empreinte d'une douloureuse mélancolie.

Le regard de Marmignac s'était ardemment fixé sur cette dame, un cri faillit s'échapper de sa poitrine...

Héloïse ! Héloïse était devant lui !

A ce regard dont la flamme avait pénétré au plus profond d'elle-même, à cette apparition dont

elle évoquait naguère le passé resplendissant, Héloïse se sentit près de défaillir.

Elle ramena vivement son voile, prit sa bourse,
qu'elle déposa sur une table, et se retira en pronon-
çant ces mots d'une voix presque éteinte :

— Je reviendrai.


Pendant que la femme du cocher reconduisait la
belle visiteuse, Marmignac s'était avancé près du lit :

— Et moi aussi, je reviendrai, — dit-il au blessé. —
Rien ne vous manquera. Ayez confiance et bon courage. Je suis pressé aujourd'hui, mais demain,
chaque jour...

Sans achever, le jeune homme se dirigea vers la
porte. Il salua la pauvre mère de famille qui ren-
trait, et, sans écouter de nouveaux remerciements,
s'élança dans l'escalier à la suite de madame Beaugrand.

Celle-ci descendait toute chancelante. L'imprévu
d'une telle rencontre avait jeté son esprit dans
une mortelle anxiété.

Etait-ce un rêve ?... une réalité ?...

Mais ce trouble dont elle n'était pas maîtresse ;
ce souvenir d'autrefois devenu plus puissant, plus
impérieux, en présence de l'inconnu, n'affirmaient-
ils pas une identité hélas ! redoutable?

7.

— Éloigne-toi ! — criait à la jeune femme, la
voix de la conscience alarmée. — Jamais heure
plus solennelle n'a sonné dans ta vie ; jamais danger plus grand ne menaça ton repos et ton honneur.

Et la pauvre Héloïse fuyait maintenant cette rencontre si ardemment souhaitée durant de longues
heures d'insomnie et de fièvre. Elle eût voulu avoir
des ailes et s'envoler bien loin, pour se dérober à
toutes les recherches, se soustraire à tous les regards.

Vain désir ! Effort stérile !

Toute son énergie l'avait abandonnée. A chaque
marche de l'escalier, elle s'arrêtait comme prise de
vertige, et ne pouvant plus se soutenir. Son regard
était obscurci ; un long bourdonnement montait à
ses oreilles ; une douloureuse angoisse étreignait sa
gorge ; un sang brûlant battait ses artères, marte-
lait ses tempes.

Tout à coup des pas résonnèrent... quelqu'un
venait après madame Beaugrand.

Celle-ci se retourna éperdue, affolée...

— Lui !... Lui !

C'était Gontran, Gontran transfiguré.

Le personnage timide, hésitant, de tout à l'heure, avait soudain fait place à un homme chez lequel la passion déborde, et qui déclarera son amour à la face de l'univers, plutôt que d'en garder l'aveu.

Jamais Don Juan ne se mit plus résolûment à la poursuite d'une dame ; jamais il ne se montra, dans une explosion de jeunesse, environné d'effluves plus irrésistibles, plus magnétiques.

-- Lui!... Lui !

C'était l'adolescent de la chapelle des Jésuites, l'ami mystérieux tant de fois appelé, le confident des journées de tristesse, l'ange de nuits troublées.

Héloïse eut un regard comme pour implorer la pitié. Au même instant, brisée par l'émotion, succombant à sa nature, à elle-même, elle étendit ses mains roidis dans le vide, et fléchissant sur elle-même, elle tomba à la renverse.

Gontran de Marmignac l'avait soutenue.

Il enveloppa de ses bras ce trésor d'amour si ardemment convoité et, semblable au lion qui emporte une proie, il courut déposer le précieux fardeau sur un divan de son cabinet de garçon.

La vieille servante était accourue.

— Sortez! — lui cria Gontran en se redressant d'un air terrible.


Homme ou femme, le petit-fils des barons de Marmignac eût, en ce moment, tué quelqu'un... le Pape lui-même !.........

Une femme telle que madame Beaugrand, née Héloïse de Cimaure, n'était pas de celles qui, durant des années et souvent toute la vie, affrontent, à force de dissimulation, le mensonge de chaque jour, de chaque heure, de chaque minute, que commande, comme premier châtiment, l'équivoque des situations.

Malgré ses rares apparitions au foyer conjugal, M. Beaugrand, au bout de quelques mois, avait constaté, sans pouvoir en deviner la cause, l'amélioration générale apportée dans l'état physique et moral de sa femme.

C'est alors que lui revint à l'esprit la singulière morale du docteur son ami, à la suite d'une dissertation diffuse sur la névrose et le nervosisme de notre époque.

— « Il faut attendre le mieux, sans le chercher, — avait dit le professeur, — et le prendre comme il viendra. »

M. Beaugrand, qui avait parfaitement oublié la savante tirade de son ami, se trouvait, on ne sait comment, avoir retenu l'étrange axiome de la fin. Et c'est précisément parce qu'on lui avait recommandé de ne pas chercher, qu'il se trouvait tout

disposé à remuer ciel et terre pour remonter au principe d'un revirement qu'il savait être fort difficile.

Il commença par étudier attentivement Héloïse,
pour savoir s'il ne se trompait pas lui-même, et si
les doutes qu'il concevait ne venaient pas d'une
illusion qu'autorisent, par-dessus tout, les modifica-
tions fréquentes du tempérament féminin.

Héloïse n'était évidemment plus la même. Sa
santé reprenait de jour en jour la vigueur constitu-
tionnelle, et la pâleur morbide du visage avait fait
place à cet éclat charnel qui démontre un équilibre
constant dans l'organisme.

Au reste, madame Beaugrand témoignait, à l'égard
de son mari, une plus grande liberté et un plus
grand esprit d'indépendance. Elle se montrait
même, — c'est inséparable de la nature de la
femme, — plus attentive et moins impressionnable.
Elle prêtait l'oreille, sans en paraître effarouchée,
aux développements que donnait parfois le financier à sa doctrine économique. En un mot, elle
s'accommodait de ce qui avait causé sa détresse,
sachant qu'elle trouverait ailleurs une compensation
et un allégement.

Le médecin qui avait déjà été appelé une fois
revint pour s'enquérir de son intéressante malade.
Il trouva une femme du monde dont il resta ébloui
et charmé.

— Que pensez-vous de ma femme? — lui demanda M. Beaugrand lorsqu'ils se rencontrèrent de nouveau.

Le docteur, avec un air de commisération comique, donna, verbalement, un bulletin qui eût fait la consternation d'un croque-mort.

Un matin, M. Beaugrand fit prévenir Héloïse qu'il l'attendait au salon, ce grand salon où l'on ne recevait personne, parce que monsieur était presque toujours absent, et parce que madame avait rompu avec la plupart des relations convenues du monde financier.

Héloïse se rendit aussitôt à cette invitation dont un instinct secret lui annonçait la gravité.

— Madame, — lui dit le banquier, — je n'ai pas à m'aventurer ici dans un chapitre de récriminations inutiles. Je sais ce que vous pourriez me dire, et je vous en tiens quitte. De mon côté, il est un fait, un seul, dont je ne me prévaudrai qu'en vue d'une solution. Vous avez un amant...

Il y eut un silence qu'Héloïse rompit :
— Oui, j'ai un amant, — reconnut-elle.

— J'en ai acquis les preuves, — poursuivit le banquier. — Elles seront soumises à M. votre père, dont le jugement, j'en ai la certitude, confirmera le mien..... En cette pénible affaire, le plus simple, à mon avis, est d'en finir à l'amiable et sans éclat. Une incompatibilité constante nous autorise à agir de la sorte. Vainement, on m'objectera des troubles accidentels, qu'on excuse par des grands mots : *névrose, nervosisme*... La Faculté est très-indulgente et la société ne saurait s'accommoder de ses explications. Le devoir d'épouse devant la justice, comme aux yeux du monde, ne souffre pas de telles complaisances. Vous êtes coupable, vous vous êtes écartée du but de notre union ou de notre association, entendez-le comme vous voudrez. Eh bien ! il faut nous séparer. Toutes mes dispositions sont prises. Mon notaire vous servira la rente de votre dot et vous irez vivre ailleurs avec qui bon vous semblera. Estimez-vous fort heureuse : peu d'hommes, à ma place, en eussent agi ainsi. Rappelez-vous cependant, rappelez-vous bien ceci : la liberté que je vous donne n'est que relative. Veillez bien sur vous-même, sur vos relations. Du jour que mon nom serait mêlé à quelque bruyant scandale, que ce scandale fournirait une arme contre moi à des rivaux ou à des ennemis, ce jour-là, vous me trouveriez implacable; et, usant du privilége que m'accorde la loi, j'appellerais irrévocablement sur vous les représailles qui vengent l'honnête homme, en mettant sa responsabilité à couvert des infamies dont il ne saurait être complice !

Là-dessus M. Beaugrand passa les manches de son pardessus, prit son chapeau et sortit.

Héloïse, affaissée sur un siége, resta longtemps immobile et les mains jointes, le regard fixé droit devant elle sur les rosaces du tapis. L'Expiation allait commencer pour elle.

FIN DE LA DEUXIÈME PARTIE.

# TROISIÈME PARTIE

---

## ADULTÈRE ET COURTISANE.

Au point le plus central de la rue Taitbout, à une portée de fusil de chez Tortoni, se trouve un hôtel composé de deux corps de logis et précédé d'une cour assez vaste, dont la porte cochère fait face au boulevard Haussmann.

C'est dans cet hôtel, qu'au mois de mai 1870, par une matinée pluvieuse, descendit une jeune femme extrêmement pâle.

Les garçons déchargèrent, aussitôt, les lourds bagages qui encombraient la voiture par laquelle était arrivée la belle voyageuse.

Cette dernière se tenait, pendant ce temps, auprès d'un poêle qu'on venait d'allumer au fond du bureau, sorte de conciergerie tenue par une caissière à l'air revêche, dont le regard inquisiteur s'attachait aux malles que les garçons entraient, une à une, dans la cour.

— Sous quel nom faut-il inscrire madame ? — demanda la caissière, quand la besogne fut terminée.

— Je m'appelle Elvire Brémont, — dit la voyageuse, en ramenant sur sa poitrine les pans entr'ouverts d'un manteau de fourrure.

— Que désire madame, un appartement ? une chambre ?

— Un petit appartement, le plus confortable que vous aurez.

— Numéro 8, à l'entresol, — glapit la caissière sur un ton de commandement.

Les garçons chargèrent de nouveau les malles sur leurs épaules, tandis que madame Brémont se disposait à les suivre, après avoir reçu de sa petite main finement gantée, une clef informe qu'on lui remit.

A part ce que j'en ai raconté déjà, bien peu d'entre vous, certainement, se rappelleront cette femme qui arrivait, en 1869, comme une étrangère, à Paris.

Le temps, les événements ont effacé l'image d'une créature dont la beauté resplendit, durant quelques années, au sein des capitales les plus avides de plaisir. La vie, dans notre civilisation, est un renouvellement perpétuel de la forme et de la beauté. Comment se souvenir de la veille, lorsque l'heure présente nous entraîne, dans une sorte de tourbillon, vers des lendemains non moins hâtifs et non moins tourmentés?

Elvire Brémont, par ses grâces natives, le charme pénétrant de sa personne, sa science des séductions auxquelles l'homme succombe, exerça parfois un véritable empire. Son influence latente pénétra au cœur de plusieurs familles et y causa le désordre ou la ruine. Mais qu'importent ces effondrements partiels à des êtres voués, par le hasard, à tous les revirements !... Elvire Brémont eut des caprices de reine qu'elle satisfit en fille folle et prodigue. On la vit à Paris, on la vit à Londres, à Saint-Pétersbourg, à Rome, à Naples. Le feu d'artifice de sa jeunesse eut un retentissement et jeta partout un éclat merveilleux. Cette créature, presque diaphane, tant elle était mince et svelte, soulevait, sur son passage, comme un bruit de coupes entrechoquées et de pièces d'or répandues. Taverlan, le roi des décavés, disait un jour à son sujet: « Elvire est la seule femme qui m'ait fait regretter de n'avoir pas encore un million à dépenser en huit jours. »

Ainsi qu'il arrive le plus souvent, la courtisane avait élevé sur le sable l'échafaudage de sa rapide fortune. A vingt ans, une femme s'imagine volontiers que la beauté et ses triomphes sont choses assurées pour la vie. Hélas ! Elvire Brémont devait, par la suite, connaître le néant de pareilles illusions.

A la Noël de l'année 1868, à la sortie d'une fête intime que le prince G*** donnait en son hôtel de l'avenue Friedland, la jeune femme se sentit prise de frissons. Le lendemain, une fluxion de poitrine se déclarait. Quinze jours durant, Elvire prit son mal en patience, mais, le seizième jour, se sentant mieux, elle partit pour sa campagne de Saint-Germain. Là vint la rejoindre le vicomte de Z***, une sorte de Méphistophélès en habit noir, qui poussait jusqu'au délire le mépris de lui-même et de ses semblables. Enfiévrée comme elle l'était, Elvire Brémont accepta cette compagnie. De nouvelles imprudences furent commises et le mal recommença de plus belle. Les médecins vinrent cependant à bout de la crise violente, mais resta une lésion aux effets lents, implacables, qui traîne insensiblement ses victimes à la tombe.

Quelques mois de souffrance avaient fait le vide autour de la jeune femme si adulée naguère.

M. Beaugrand lui-même, le principal protecteur, ne venait plus que rarement à l'hôtel si fréquenté, autrefois, de l'avenue Montaigne. Elvire, conseillée, d'ailleurs, par les médecins, prit le parti de voyager en Italie. A cet effet, elle fit une vente générale de son mobilier et de ses diamants. Ce fut une fête pour les juifs de l'hôtel Drouot. Les vacations remplirent trois journées entières, et le marteau du commissaire priseur dispersa, un à un, mille objets précieux qui sont le cadre et font l'enchantement de certaines existences.

Alors, dans la solitude des chaises de poste, le long des routes poudreuses bordées de lauriers roses et d'orangers, Elvire Brémont engagea une lutte passionnée et terrible contre l'ennemi qu'elle portait dans son sein. Redevenir maîtresse d'elle-même et redemander à la vie les biens que la douleur semblait vouloir lui ravir, tel était désormais le but ardemment poursuivi par la jeune femme. Tous les médecins furent consultés, tous les soins prodigués : ce fut en vain !

A Rome, à Naples, on revit, pâle et languissante, celle dont le rire métallique et la chanson retentirent, deux années auparavant, durant les nuits parfumées, sur la terrasse des palais et des villas. La maladie, sans faire toutefois des progrès rapides, n'en poursuivait pas moins son œuvre de destruction.

Que de révoltes, pour les natures ardentes, dans l'abandon soudain d'une vie qui commence ! Que de terreurs, en présence d'un horizon qui tout à tout s'obscurcit et se ferme ! Que d'angoisses, dans ces étreintes de la mort qui s'acharne après une proie !

Ne pouvant vaincre la maladie, Elvire Brémont se prit à la braver. Elle appela à son aide toutes les imaginations du désir, tous les enchantements du rêve. Elle puisa dans cette surexcitation morale une sorte d'énergie physique qui engendra bientôt l'étourdissement et l'oubli. De plus en plus pâle, elle étonna les plus robustes par une fièvre d'existence qui la laissait insouciante de toute fatigue.

Elle vécut double, elle vécut triple, elle vécut avec emportement, avec rage. L'éternité promise du rire n'eût pas mieux soutenu cette admirable créature, dont les jours étaient désormais comptés, et sur l'épaule amaigrie de laquelle la mort avait creusé le sillon de ses doigts.

C'en était fait des ordonnances des médecins. L'âcre senteur des médicaments fut bannie de l'alcôve, et les roses du plaisir continuèrent à s'effeuiller sur une couche où la dentelle et les fins tissus pouvaient, en quelques heures, se changer en suaire.

Ce suicide inconscient, ce vertige effroyable des sens se prolongèrent durant quelques mois.

Do Naples, Elvire Brémont était allée en Russie, après avoir traversé l'Allemagne. Ce fut la dernière étape. La brise glaciale des bords de la Néva fit jaillir du cœur de la jeune femme le peu de force qui lui restait. Exsangue, elle resta quelques jours entre la vie et la mort, sans jamais croire à cette dernière. De la patricienne si belle et si opulente du plaisir, il ne restait maintenant plus rien que le cadavre, mais le cadavre marchait encore, éclairé par le dernier reflet d'une âme qui s'envole et le suprême rayonnement d'une beauté qui s'éteint.

C'est à ce moment que nous avons revu Elvire. Une sorte de nostalgie, ou plutôt ce besoin de déplacement qui sollicite certains malades jusqu'à la dernière heure, avaient ramené la jeune femme à Paris. Elle espérait ainsi tromper une destinée marâtre acharnée à sa perte. La mort pourrait-elle l'atteindre dans une ville témoin de ses premiers triomphes?...

Quel changement pour celui qui eût connu la
courtisane aux jours de ses splendeurs ! Elle était
maintenant seule et se soutenant à peine, dans cet
appartement d'hôtel dont un garçon avait insolem-
ment tiré la porte sur elle. Ces meubles livides, ces
tentures blémies, ce confort mensonger et criard
s'environnaient d'une tristesse mortelle. Tout semblait morne, lugubre, dans ce salon où le soleil ne
réchauffa jamais une fleur, dans cette chambre à
coucher où reposèrent, en passant, plusieurs générations d'inconnus, hommes et femmes, de même
que l'on campe dans un désert !

En se trouvant ainsi seule et comme abandonnée,
Elvire Brémont réprima un mouvement de terreur,
puis allant à une glace, elle en approcha son visage
qu'elle considéra... Pendant cet examen, sa main,
ramenée violemment sur les tempes, y faisait
monter, semblable à une lueur, le rouge de la fièvre. Cette flamme qui semblait jaillir des pommettes en feu, mettait une grande espérance au cœur
de la pauvre affligée. C'était un signe de vie, le retour à ces belles années dont le souvenir ne faisait
que rendre plus fougueuses les convoitises du moment. Cet éclair était, pour la malade, ce qu'est
pour la nef en détresse le phare élevé sur la côte.

Et, cependant, rien de plus trompeur, de plus sinistre que cette pourpre arborée souvent, par la mort, au visage de ses victimes. On dirait, le long des voies rapides, le disque ensanglanté qui présage malheur.

Elvire Brémont quitta ensuite ses vêtements de voyage. Elle apparut bientôt toute blanche dans une longue robe sous les plis de laquelle on devinait les transparentes maigreurs de la phthisie. Elle ressemblait de la sorte à la fiancée des ballades, et jamais peut-être grâce aussi touchante ne l'environna.

Avant de prendre du repos, la jeune femme ouvrit sur la table un buvard de voyage pour écrire convulsivement ces lignes :

*A M. Beaugrand, banquier, rue Caumartin, n° ...*

« Mon ami,

« Vous m'avez oubliée depuis longtemps sans doute, car j'étais absente et malade. Je reviens comme on revient de l'autre monde, après mille souffrances et avec l'amère déception de n'avoir pas même reçu de réponse aux lettres que je vous écrivis, durant les premiers mois qui suivirent mon départ.

« J'ai peut-être eu des torts envers vous, et vous m'en tenez rigueur. Ah! cher ami, vous êtes cruellement vengé, je vous assure ! Venez voir votre Elvire d'autrefois et puissiez-vous la reconnaître !... La *bronchite* qui me prit, quand nous étions encore ensemble, ne m'a pas quittée depuis. La fièvre dévore constamment mon pauvre corps qui est maigre à faire pitié... C'est Dieu qui me punit, n'est-ce pas ?... J'ai dû être si coupable !...

« J'espérais que les voyages, le changement d'air... rien n'a fait. Il y a eu cependant, du mieux dans mon état, mais je ne suis pas assez prudente ; je ne sais pas me soigner. Les médecins m'ont tous dit, comme ça, que c'est très-long à guérir une *bronchite !* Il est sûr que j'aurais préféré de beaucoup deux ou trois maladies aiguës. On vit ou l'on meurt : c'est décidé en quelques jours. Au lieu de cela, moi, je vais, je viens, sans jamais pouvoir me débarrasser de cette affreux mal qui me brise et me laisse sans respiration.

« J'ai pensé bien souvent à vous, durant mes voyages... Combien j'aurais voulu vous avoir auprès de moi ! Mais félicitez-vous de n'être pas venu. Si vous saviez comme mon caractère a changé ! J'étais si gaie, autrefois ! Aujourd'hui, un rien m'irrite ou me rend triste. J'ai envie de tout et je n'aime rien. Par moments, sans savoir pourquoi, une peur épouvantable me prend... j'ai peur de mourir.

« La pensée de revoir Paris, de vous revoir, m'a donné des forces. Je me sentais mieux en passant la frontière. Il m'a semblé que mon cœur était débarrassé d'un grand poids. Décidément, j'ai eu tort de partir, et surtout de rester absente aussi longtemps. J'étais vraiment folle; tout le monde m'aura oubliée !... Comment vais-je faire pour renouer les liens d'amitié brisés par l'éloignement ? Vous, le premier, ne dédaignerez-vous pas de me revoir ? Ah ! mon cher ami, cette pensée est plus cruelle encore que mes souffrances ! Et pourtant je me sens si bien disposée à vous aimer comme j'aurais toujours dû vous aimer; à mener auprès de vous une vie calme, comme vous le désiriez tant !... Mais, alors, vous étiez *marié*, et la belle madame Beaugrand eût troublé cette fête.

« Vous me viendrez voir autant de fois que vos occupations le permettront, n'est-ce pas ? C'est si bon de presser une main amie ! Je suis seule, toute seule, dans un hôtel de la rue Taitbout. Vous trouverez bien du changement, allez, mais vous n'aurez que plus de mérite à vous souvenir. Tout me dit, d'ailleurs, que les beaux jour reviendront. Tenez, rien que vous écrire, cela me met un peu de joie dans le cœur, et je me sens plus forte. Ah ! n'était cette maudite toux !...

« A bientôt donc, cher ami, à bientôt; je passerai chaque heure, chaque minute à vous attendre.

« Elvire BRÉMONT. »

La jeune femme mit la lettre sous enveloppe, prit une pièce de cinq francs dans son porte-monnaie et sonna un garçon auquel elle remit le tout :

8.

Elvire passa ensuite dans sa chambre à coucher et, comme elle avait son porte-monnaie à la main, elle en compta le contenu.

Il y avait cinq cents francs moins quelque chose.

— Heureusement que M. Beaugrand va venir, — murmura la voyageuse. — Et elle s'étendit sur son lit en réprimant un violent spasme.

Le soir vint sans amener M. Beaugrand.

Elvire interrogea le garçon d'hôtel.

Celui-ci ne savait rien ; il avait laissé la lettre.

— A qui l'avez-vous laissée ? — demanda la jeune femme.

— A une dame qui remplaçait la concierge, absente pour une heure ou deux.

— Allez savoir si ma lettre a été remise, — ordonna Elvire, en donnant une nouvelle pièce de cinq francs.

Le garçon revint une demi-heure après.

— M. Beaugrand a déménagé, — dit-il. — J'ai vu la concierge qui m'a demandé de la part de qui était la lettre. Je lui ai nommé madame. Cette femme a assuré vous connaître ; elle a même ajouté que vous étiez, il y a deux ou trois ans, la maîtresse du banquier.

Elvire réprima un mouvement de colère.

— Et la nouvelle adresse de M. Beaugrand?

— On ne me l'a pas donnée.

— Tenez, voilà un louis pour vous, — dit la courtisane hors d'elle-même. — Mais, cette adresse, il me la faut. Allez la chercher et vous remettrez vous-même la lettre.

Le garçon d'hôtel revint vers les dix heures, dans la soirée.

La jeune femme l'interrogea du regard avec anxiété.

— Trouvée, — dit celui-ci. — Ah ! j'ai eu du mal, allez. La concierge de la rue Caumartin ne savait pas au juste le numéro. Elle m'a fait accompagner par son mari. Le banquier reste à présent rue du Quatre-Septembre, n° 15.

Un éclair de satisfaction brilla dans les yeux d'Elvire.

— Malheureusement, — poursuivit le garçon en retirant la lettre de sa poche, — malheureusement le banquier n'est pas à Paris. Son nouveau concierge m'a appris qu'il était parti, depuis trois jours à peine, pour la Sicile, où l'appelait une grande affaire, une exploitation de mines de soufre. Je n'ai pas jugé à propos de laisser la lettre de madame, parce qu'il paraît que M. Beaugrand restera absent plusieurs mois.

A cette nouvelle, Elvire eut un rugissement. Elle bondit hors de son lit et, saisissant la lettre qu'on lui remettait, elle la jeta au feu.

— Laissez-moi, — dit-elle au garçon.

Cet homme sortit.

La jeune femme saisit un trousseau de petites clefs, alla à ses malles restées dans l'antichambre, les ouvrit, et en tira plusieurs de ces robes étranges à la confection desquelles préside l'art le plus tapageur.

Suivirent quelques préparatifs sommaires. Le visage de la courtisane, de livide qu'il était, se montra bientôt rayonnant dans la glace, sous une couche de blanc et de rouge. Le spectre avait maintenant des couleurs, à l'égal des marottes de cire qui sourient aux passants, du fond des devantures, le long des boulevards.

Un corsage qui dissimulait la maigreur des épaules et une longue traîne de jupons complétèrent cette toilette hâtive, faite sous l'empire d'une violente préoccupation et avec l'emportement d'une nature qui s'indigne de toute retenue.

Etrange chose que la vie, pour une foule d'êtres jetés en dehors des voies ordinaires!... Les changements se succèdent suivant le hasard, l'aventure; et l'esprit toujours en émoi forge avec des chimères la réalité qu'il veut atteindre.

Tout à l'heure, Elvire poursuivait, dans une lettre, le rêve d'une vie paisible. L'émotion de son langage était vraie. Tout son passé inutile, toute sa jeunesse gaspillée lui montait aux lèvres et passait sous sa plume avec une véritable éloquence. Il y a de ces cris de l'âme, de ces appels suprêmes qui sont faits pour émouvoir les âmes les plus endurcies. M. Beaugrand aurait lu cet écrit, il en eût certainement été touché. Bien peu d'hommes, dans sa situation, se seraient soustraits à ce qui devenait, par le fait, un devoir impérieux, presque absolu. Mais le banquier était absent et cette absence, qui creusait le vide autour de la jeune femme, avait réveillé, chez cette dernière, tous les instincts du faux et du pervers.

La courtisane avait senti son orgueil se révolter, à la pensée qu'il n'y avait peut-être, pour elle, qu'un seul sauveur au monde. En un instant, elle était redevenue fille dans toute l'acception du terme, et elle s'était dit : — « Si le monde me délaisse, je saurai reconquérir le monde. J'irai au-devant de lui, et je lui rappellerai ce que j'étais, ce que je suis... » Hélas ! le monde ne se souvient pas. Il ne reconnaît pas ses favorites sous le rouge qui dissimule d'irréparables outrages, ou, s'il les reconnaît, c'est pour en rire, à moins qu'une fortune insolente, armée d'un fouet à lanières d'or, ne lui impose attention et respect !

Elvire était prête. Elle descendit l'escalier, d'un

pas ferme, avec un grand frôlement de robe et de jupons. On appela pour elle une voiture ; elle y monta, sans savoir où aller. C'était un vendredi ; elle songea à l'Opéra. On la conduisit rue Pelletier ; elle y prit une loge.

Bientôt la salle s'ouvrit béante et diamantée au-devant de la jeune femme.

Il était là, ce monde qu'elle devait reconquérir ; il était là, dans cette énorme grappe humaine, avec toutes ses convoitises et ses passions, pêle-mêle, tel qu'il sera toujours. Il n'y avait qu'à tendre la main et ressaisir, dans le tas, les tendresses envolées, les biens perdus, les désirs inassouvis.....

Vain effort ! La fatigue, la colère, la maladie brisèrent subitement l'énergie de la pauvre fille. Ses regards se portèrent sur un tourbillon de lumières qui l'enveloppa subitement, l'entraîna avec lui, et la renversa, inerte, au fond de la loge.

Cet évanouissement fut de courte durée, mais il avait jeté l'épouvante dans l'âme de la malade. Elvire se traîna hors de sa loge, se fit soutenir par une ouvreuse et descendit péniblement l'escalier qui conduisait aux portes de sortie. On s'écartait sur son passage, car c'était durant le dernier entr'acte, et le public ne se rendait pas compte de ce qui était arrivé. Plusieurs jeunes gens rirent aux éclats. L'un d'eux dit même, de manière à être entendu de la

jeune femme : — « Voilà une *demoiselle* qui est
bien gentille, mais elle a trop diné. »

Cette amère épigramme alla, comme une flèche,
au cœur d'Elvire. Elle remonta en voiture et rentra
à l'hôtel. Sa respiration était sifflante, sa main
brûlait. Elle fit sauter les agrafes de sa robe, arracha de sur ses épaules l'opulent harnais de misère,
et, saisissant un flacon à moitié vide qui renfermait
une potion de morphine, elle le vida d'un trait.
Survint une toux âpre, déchirante. Un flot de sang
monta à la gorge; la malade se crut près de sa fin.
Une prière, un cri de l'âme traversa son esprit.
Elle se mit au lit, et toute grelotante, éperdue, elle
s'abandonna à sa destinée. La potion agissait déjà,
le sommeil vint bientôt, ce sommeil factice, plein de
visions, qui, avant le repos de la tombe, est le dernier repos des filles qui se meurent.

Elvire ne sortit que très-avant dans la journée, le lendemain, de l'état de léthargie où l'avait plongée le poison. Elle promena autour d'elle un regard languissant et parut à peine se souvenir de la crise qu'elle avait traversée.

Rien n'était cependant changé dans la chambre d'hôtel. La toilette que la malade avait quittée étalait sur une chaise ses couleurs éclatantes. Un peu plus loin, en désordre, étaient les objets dont s'encombre presque instantanément le séjour d'une femme élégante.

Ce qu'Elvire n'avait pas encore vu, c'est qu'un grand feu brillait dans la cheminée et que diverses potions, déposées sur un guéridon, au pied du lit, semblaient attendre son réveil. A côté du guéridon, dissimulée par l'angle du lit, se tenait assise, dans un fauteuil, une jeune dame vêtue de noir.

La malade revint insensiblement au sentiment de l'être. Bientôt ses grands yeux étonnés se fixèrent sur l'étrangère. Celle-ci n'avait pas bougé de son siége.

— Qui êtes-vous? — demanda Elvire.

— Que vous importe? — répondit la dame, — je suis l'amie et la compagne de celle qui souffre.

— Oh! oui, je souffre beaucoup, j'ai beaucoup souffert; mais je vais mieux, je le sens, cela ne sera rien.

p

La dame vêtue de noir se leva ; elle s'approcha
du lit et prit la main d'Elvire.

Celle-ci ne retira pas sa main, mais ses regards
se portaient avec méfiance sur la dame. Un souvenir
confus, un instinct secret éveillaient cette méfiance.

L'inconnue était extrêmement belle. Elle avait le
teint mat des brunes. Ses épaules, sa taille se
mouvaient avec une distinction et une grâce infinies.

— Je ne vous connais pas, — insista Elvire.

— Je loge ici, à côté, — dit l'étrangère. — Je
vous ai entendue, vous souffriez. J'ai pris la liberté
d'entrer pour vous offrir mes services. Vous dor-
miez d'un sommeil agité. J'ai envoyé chercher quelques calmants... Prenez une cuillerée de cela, vous
vous en trouverez bien.

En parlant ainsi, la dame approchait le calmant
des lèvres de la malade.

Elvire n'osa refuser.

— J'en ai tant pris... des drogues, — murmura-
t-elle, — et je ne suis pas guérie ! C'est toujours là,
là, au cœur... Je tousse presque continuellement et
cette toux me tue.

— Il ne faut pas se décourager, — objecta l'inconnue d'une voix douce.—Il faudra vous tenir bien
calme, bien reposée cet hiver. Puis le printemps
viendra, les beaux jours vous guériront.

— Moi qui voudrais tant guérir !... — dit Elvire.

— Si vous saviez ce que je perds à être malade ainsi... J'étais si heureuse avant!... Maintenant, me voici, abandonnée... Mais pourquoi vous dire cela, à vous? Comme si vous pouviez vous intéresser... Laissez-moi, allez... Je vous remercie, mais laissez-moi !

L'étrangère ne voulut pas prolonger ce premier entretien. Elle insista seulement pour revenir. La malade, après avoir résisté, donna son assentiment. Il fut accueilli avec des marques visibles de satisfaction.

Quelle était cette dame si belle et si bonne qui avait surgi tout à coup, ainsi qu'un ange consolateur, au chevet d'Elvire? Cette dernière cherchait vainement, dans son esprit, à s'expliquer l'intérêt dont elle était l'objet. Une ressemblance confuse, un souvenir lointain traversèrent de nouveau sa pensée; mais il fut impossible à la jeune femme de préciser. Et, comme sa curiosité était piquée au vif, elle sonna le garçon d'hôtel.

— Quelle est la dame qui loge à côté de moi? — demanda-t-elle à cet homme.

— Personne ne loge à côté de vous, madame, — répondit celui-ci. — Il y a, il est vrai, un appartement, mais il est libre.

— Quelle est donc la personne qui sort d'ici?

— Je ne la connais pas. Elle a demandé après vous : Elvire Brémont; et je lui ai indiqué votre logement. Un peu après, elle m'a envoyé chez le pharmacien prendre des médicaments qu'elle a désignés elle-même dans une petite note écrite au crayon.

Elvire se fit donner les flacons déposés au pied du lit. C'était des sirops dont chacun connaît l'usage.

— Serait-ce une femme qui désire ma mort, qui veut m'empoisonner?... — pensa Elvire. — Elle n'avait cependant pas l'air d'une personne qui poursuit une vengeance. Là-dessus, les conjectures recommencèrent, pour n'aboutir à aucun éclaircissement.

Quittons, un instant, Elvire Brémont, afin de suivre la personne qui paraît s'intéresser à son sort.

En sortant de l'hôtel de la rue Taitbout, l'inconnue monta dans un fiacre qui attendait à la porte. Sur l'indication qui lui fut donnée, le cocher partit par le boulevard Haussmann et prit la rue de Rome jusqu'à une maison de construction élégante embrassant divers corps de logis.

L'inconnue renvoya sa voiture et gravit l'escalier jusqu'au troisième étage. Deux portes faisaient face sur un même carré. La dame pénétra chez elle par la porte du côté de la cour.

L'antichambre, le salon et deux autres pièces composaient l'appartement. L'ameublement était de bon goût, mais simple. La chambre à coucher était tendue de satin noir. Au-dessus du lit, un crucifix d'ivoire tranchait sur la tenture et donnait un aspect sévère à ce lieu de repos.

La dame jeta son manteau sur un siége. Passant ensuite dans une pièce du fond, contiguë à l'appartement qui avait sa porte sur le même carré, elle pressa un ressort dissimulé dans la boiserie.

Un panneau tourna sur lui-même et laissa voir un étroit passage que franchit l'inconnue. La pièce où elle se trouva dépendait évidemment d'un appartement de garçon. C'était un grand cabinet de travail avec bibliothèque. Au mur étaient appendues des armes formant trophée, à côté d'un uniforme complet de zouave pontifical : la veste grise, la culotte bouffante de même couleur, ainsi que la ceinture rouge.

Au bruit qu'avait fait l'inconnue, répondit un bruit de pas, à côté. Une porte s'ouvrit et un jeune homme aux formes athlétiques, aux traits bronzés, parut sur le seuil.

— Enfin, vous voilà, ma chère Héloïse, — dit-il, le visage tout rayonnant de joie. — J'ai été inquiet de vous toute la journée. Votre femme de chambre m'avait dit que vous étiez sortie de grand matin. Je vous ai vainement attendue pour déjeuner.

— Chut! on vous racontera tout, — dit la jeune femme en tendant sa main que le jeune homme pressa avec effusion.

A ce nom d'Héloïse, vous avez sans doute reconnu cette madame Beaugrand dont la chronique des salons avait fait quelque bruit l'année précédente et qui s'appelait, jeune fille : mademoiselle de Cimaure. Quant au jeune homme, il n'est autre que Gontran de Marmignac, l'ami des Picourdan.

Nous n'aurons pas à entrer dans de longs détails pour expliquer ici comment le zouave pontifical et madame Beaugrand se trouvent loger même maison, même carré, et comment, d'un appartement à l'autre, on peut communiquer sans que les autres locataires puissent s'en apercevoir.

Quand elle quitta le domicile conjugal, Héloïse s'exagéra beaucoup à elle-même *la profondeur du gouffre* où l'avait *jetée* une faute presque inconsciente, une sorte de fatalité attachée à sa nature. L'avenir lui parut chargé de menaces terribles. Il lui sembla que le monde entier allait l'accabler sous le poids de sa réprobation. De quelque côté qu'elle se tournât, on ne devait avoir qu'injure et mépris pour elle. Son père la repousserait avec horreur. Ses amies d'autrefois détourneraient la tête sur son passage. Sa honte serait affichée en tous lieux et toujours, s'attacherait à sa personne, à ses vêtements, à son front. Un sceau indélébile marquerait, désormais, son existence. Une voix vengeresse lui crierait à chaque heure, à chaque instant, l'anathème qui frappe et poursuit la femme adultère ; et l'expiation ainsi commencée se prolongerait indéfiniment sans merci ni trêve, au milieu d'angoisses aussi redoutables que la douleur la plus cuisante, la maladie la plus cruelle, le supplice le plus atroce, la mort la plus terrible !

Une perspective aussi effrayante avait, il est vrai, son côté réel pour une personne élevée, comme madame Beaugrand, dans un milieu où les faiblesses du cœur sont jugées le plus sévèrement et élèvent une barrière infranchissable dans les relations. Il n'y avait plus de place pour la coupable au sein de la famille. En apprenant la faute de sa fille, M. de Cimaure avait juré de ne jamais revoir cette dernière. La parole de ce vieillard, dont l'égoïsme avait été funeste, devait être implacable; madame Beaugrand le savait bien. Mais où chercher un refuge? un abri contre l'avenir, contre soi-même?

Un seul restait. L'amour de celui qui serait une sauvegarde, une consolation, une défense.

Et le cœur rempli d'épouvante, l'âme dévorée de soucis, la jeune femme alla rejoindre son amant.

Celui-ci accueillit la femme que la destinée rivait à ses pas, comme on accueille le bonheur de toute une vie. Il eut des enthousiasmes d'enfant, des tendresses qui tenaient du délire. Pour cet homme, épris dès l'âge le plus tendre, le monde s'effaça entièrement. Il ne vit que la jeune fille dont l'apparition portée par un flot de lumières et d'encens l'éblouit autrefois, dans la chapelle des Jésuites ; il ne vit que la jeune mariée, dont l'image poursuivie s'était gravée dans son cœur à l'égal d'une madone, pour laquelle le printemps n'a pas assez de fleurs. Tous ces biens, ce triomphe de la forme, cette extase de l'âme, cette fête des sens, le ciel les lui envoyait, à lui qui les avait tant désirés, sans espérance de les jamais avoir !

Alors commença une existence à deux pleine de péripéties étranges et d'alternatives poignantes. La femme, telle que pouvait l'être madame Beaugrand, se montra dans toute sa grandeur comme aussi, sans doute, dans son humilité. Les deux appartements contigus, soigneusement aménagés par Gontran, servirent de scène à un drame à la fois émouvant et terrible. D'un côté, une jeune femme s'abandonnait, avec effroi d'abord, mais avec emportement ensuite, aux fougues de sa nature. D'un autre côté, la même femme, vêtue de noir, se roulait aux pieds du Crucifix et demandait à Dieu le pardon des oublis misérables qui la laissaient anéantie de honte et de remords.

Gontran respecta toujours cette dualité dans la femme qu'il aimait. L'amant ne franchit jamais le seuil du sanctuaire où se réfugiait une sainte pleurant les iniquités de la pécheresse. Dans les moments de calme où l'âme était sereine, ils se retrouvaient, l'un et l'autre, comme deux enfants d'une même famille éprouvée par le malheur,

9.

comme deux pèlerins qui s'orientent mutuellement
au fond du ravin où l'orage les a égarés.

— Voyons, mettez-vous là, bien gentiment, auprès
de moi, — dit Héloïse à Gontran, — et racon-
tez un peu ce que vous avez fait de votre journée?

— Mais vous intervertissez les rôles ! — exclama
le jeune homme.

— Non, vraiment, c'est à vous de parler le
premier.

— Eh ! bien, je n'ai rien fait... j'ai attendu...

— C'est tout ?

— A peu près... J'ai pourtant lu une lettre du
marquis de Picourdan.

— Ah ! que dit-il, le marquis de Picourdan ?

— Des choses originales comme toujours. Il
m'assure que la marquise, plus que jamais, pousse
jusqu'à la déraison, l'amour du parti légitimiste.
Il ne comprend pas, lui, qu'on puisse se passion-
ner ainsi. Selon sa doctrine, toutes les opinions
ont du bon. L'opinion royaliste, moins que les autres, parce que les gens qui la soutiennent y met-
tent trop de nerfs et pas assez de tempérament.
« Voyez les républicains ! — s'écrie le marquis,
— ils sont plus sages que nous. Ils s'organisent,
ils se comptent, ils s'affirment. Les légitimistes, au
contraire, ne font que s'isoler davantage. Les hom-

mes lisent l'*Union*, les dames brodent des fleurs de
lys; c'est ainsi qu'ils espèrent triompher... » Je vous
fais grâce du reste.

— Merci. A mon tour maintenant, car c'est là,
je crois, toute votre journée?

— Mon Dieu, oui.

— Mince bagage, mon cher Gontran; j'ai mieux
que cela, moi, bien mieux que cela.

— Vraiment? je vous écoute.

— Vous n'ignorez pas que je vais parfois rue Caumartin, pour y prendre des journaux et des lettres
qu'on y adresse encore, malgré mon changement de
domicile. J'ai passé par là ce matin, un peu machi-
nalement, il est vrai, car j'étais loin de m'attendre
à ce qui m'allait être annoncé. La concierge m'a
accueillie avec un petit air mystérieux. — « Vous
ne savez pas? — m'a-t-elle dit. — Hier, on a
couru toute la journée après M. Beaugrand, de la
part d'une jeune femme nouvellement arrivée, madame Elvire Brémont, vous rappelez-vous? » Je
me rappelais parfaitement ce nom-là, celui de
la maîtresse de mon mari. J'ai questionné alors la
concierge, qui elle-même avait questionné le garçon d'hôtel chargé de remettre une lettre. Bref,
il m'a paru que la demoiselle Brémont était malade,
très-malade, et qu'elle pouvait bien demander un
secours à M. Beaugrand. Je suis allée moi-même à
l'hôtel; j'ai vu cette malheureuse. Son état est

absolument désespéré, et je ne crois pas qu'elle en relève.

— Mais c'est un roman que vous me récitez-là, — objecta Gontran.

— Nullement.

— Comment, cet hôtel, cette ?...

— La maîtresse de mon mari.

— Et vous êtes allée ?...

— J'irai chaque jour.

— Vraiment ?

— Il y a à secourir.

— Mais songez donc... une fille !

Ici madame Beaugrand se leva :

— Cette fille souffre ; elle expie des fautes que Dieu jugera peut-être moins sévèrement....

Sans achever, Héloïse serra la main de Gontran et se retira chez elle.

## LA MAISON DE BRIQUE.

Quittons un instant Paris, pour nous transporter à quelques lieues de là, au milieu d'une rivière bien connue, dans une île dont le nom ne ment pas en été, mais qui reste le plus souvent déserte et fort laide pendant l'hiver.

Au milieu de cette île, est une maison de brique à un étage, caché par un massif de saules, de marronniers et de trembles. On y pénètre par une allée de chèvrefeuille et de lilas, qui a issue sur les deux bras de la rivière.

A l'époque à laquelle se reporte mon récit, cette maison paraissait presque inhabitée, tant les hôtes sortaient peu dans le jardin, qui cependant, par ses ombrages et ses plates-bandes fleuries, aurait offert un aspect charmant à quiconque eût pu voir à travers la clôture de clématites, d'aubépines et de lauriers-cerise confondus.

Ces hôtes étaient deux femmes sur lesquelles la mauvaise langue la plus acérée n'eût rien trouvé à redire, à l'estaminet de la plage.

Ces deux femmes, il est vrai, semblaient peu

faites pour défrayer la chronique de banlieue, aussi
indiscrète qu'elle soit. Elles étaient arrivées un
jour, conduites par l'omnibus du chemin de fer,
avec une femme de chambre pour tout personnel.
Puis, nul ne les avait revues. La petite maison de
brique abritait le mystère de ces personnalités modestes, qui, au dire du jardinier, devaient être des
femmes de négociants de la rue Saint-Denis.

Il n'en était rien. La première de ces dames
résumait le type de la distinction la plus élevée,
malgré les vêtements de deuil dont elle était sans
cesse revêtue.

La seconde, par son genre et ses toilettes,
ressemblait beaucoup aux plus élégantes des Pari-
siennes qui fréquentent les théâtres et les réunions
publiques ; mais sa maigreur extrême, sa pâleur
annonçaient un état de santé qui ne laissait plus
d'espoir.

La première se faisait appeler madame Gontran,
par la femme de chambre et les fournisseurs de l'île,
tandis que la seconde répondait au nom de madame
Elvire.

Au reste, dans la petite maison de brique, du
matin au soir, les soins et l'attention restaient con-
centrés sur madame Elvire. Elle souffrait, en effet,
beaucoup de la maladie qui avait creusé ses joues,

ployé ses épaules et aminci sa taille. Le matin,
elle se levait fort tard, après des nuits d'insomnie
et de fièvre. Elle passait ensuite la journée tout entière couchée sur une chaise longue devant une
fenêtre, de laquelle, à travers une éclaircie de verdure, on apercevait la rivière et la plaine.

Madame Gontran ne quittait pas un instant celle
qu'on supposait être son amie ou sa sœur. Elle l'as-
sistait dans les moindres détails de la vie, et s'efforçait, à chaque heure, par mille prévenances, de
rendre son mal moins cruel.

Un observateur habile eût été bien vivement
frappé du contraste de ces deux femmes.

Madame Elvire offrait le spectacle d'une nature
remarquable, par bien des côtés, mais viciée par des
habitudes et des mœurs qui n'appartiennent qu'à un
certain monde. Elle émettait des axiomes étranges,
et certaines paroles tombées de ses lèvres, dans
les moments d'humeur ou d'impatience, avaient
des sonorités qui eussent choqué des oreilles délicates.

Du côté de madame Gontran, au contraire, étaient
toutes les distinctions sans apprêt de la femme qui
a puisé dans sa naissance et son éducation la supériorité qui s'impose à quiconque sait discerner le vrai
du faux. Une simple robe noire et un long peignoir
de même couleur constituaient toute sa garde-robe

de campagne ; mais, dans la manière de porter ces
vêtements souvent ingrats pour les beautés les plus
éclatantes, il y avait un art, une grâce, une séduction qui eussent ravi les plus difficiles en matière
de costume et de bon goût. L'élégante simplicité ou
plutôt le deuil de cette dame était rehaussé par un
air de grandeur et une grâce si touchante, qu'on se
sentait ému ainsi que ravi rien qu'à l'envisager.

Ce qui aurait impressionné bien davantage, c'eût
été de voir la même personne remplir auprès de
madame Elvire l'office modeste que remplissent
d'ordinaire les femmes de charge et les gouvernantes
de bonne maison. Evidemment, les rôles, par là,
étaient intervertis. Cette dame, qui se faisait ainsi
garde-malade et qui se dissimulait sous les appa-
rences les plus modestes, avait des motifs puissants
pour agir de la sorte.

Je ne saurais, d'ailleurs, tenir plus longtemps
dans l'incertitude l'esprit du lecteur. La dame malade n'était autre qu'Elvire Brémont, tandis que sa
compagne, qu'on a reconnue sans doute, était
Héloïse de Cimaure, femme séparée du banquier
Beaugrand.

Il y a dans le rapprochement d'une femme du
monde telle qu'Héloïse de Cimaure, et de la demoiselle Elvire Brémont, un fait tellement anormal,
tellement extraordinaire, qu'on ne saurait s'atten-

dre après cela qu'à de graves événements, sinon à quelque redoutable catastrophe.

Nous ignorons ce qui s'était passé dans l'esprit de madame Beaugrand le jour qu'une indiscrétion de concierge l'amena au chevet de la maîtresse de son mari. Quoi qu'il en fût, les jours suivants, la maîtresse de Gontran de Marmignac reprit sa tâche charitable auprès de celle qui semblait mieux faite pour lui inspirer la haine que la commisération. Il est vrai que la fille Brémont était, vu son état désespéré et les illusions qu'elle se faisait encore, digne de la plus grande pitié. Mais, cette pitié, ce n'est pas d'habitude les épouses légitimes des amants de ces demoiselles qui l'ont. Aussi, les visites fréquentes d'Héloïse, ainsi que les soins délicats dont elle entourait une malade, autrefois son heureuse rivale, étaient de nature à éveiller la curiosité la moins avide d'imprévu.

Cette série de visites, en se prolongeant, avait rendu perplexe Gontran de Marmignac lui-même. Il ne put s'empêcher un jour de questionner Héloïse, à ce sujet.

— J'ai mon projet, — répondit gravement celle-ci, — sur un ton qui ne souffrait pas de reproche.

— Et ce projet?... hasarda Gontran.

— Ce projet est peut-être ridicule, — répondit

Héloïse, — mais il me sourit en tous points. Vous avez trop sujet de ne pas craindre, pour ne pas vous en rapporter à moi.

— Je m'en rapporte, — dit Gontran.

— Bien dit, cela, — murmura Héloïse à l'oreille du jeune homme, — je suis à toi, et rien qu'à toi. Pour cela, j'ai trahi les plus saints des devoirs. Dieu ne m'en voudra peut-être pas autant que les hommes et que mon père. Il sait de quelle vile matière nous sommes pétris, et sa colère n'ira pas jusqu'à la malédiction. Ecoute : Il peut se faire que je m'absente quelques jours ; tu ne me gronderas pas. Il s'agit de notre tranquillité à venir... Quand je dis tranquillité, c'est peut-être beaucoup... Mais il s'agit de rendre plus profond, plus impénétrable l'oubli dans lequel nous vivons. Or, il n'est rien pour cela que je ne doive tenter. Mon amour pour toi est une sauvegarde que je dois équilibrer de mon mieux. Laisse-moi faire ; n'est-ce pas, tu me laisseras faire ? Je t'aime tant !..

— Fais ce que tu voudras, ma chère amie, — répondit Gontran. — Nos actes n'ont-ils pas désormais une responsabilité commune ? Comme toutes les existences condamnées à ne s'évoluer que dans les extrêmes de la vie, nous sommes soumis à des accidents qui diffèrent de ceux auxquels sont soumis les autres êtres. Je ne sais pas à quoi tendent ces péripéties diverses qui étreignent vivement les existences et soumettent les cœurs à de violentes secousses, mais il est une chose que nous avons par-dessus tout, c'est un bonheur qui nous rend supérieurs à quiconque ne le goûte pas, et ce bonheur vaut bien qu'on boive en toute hâte, au point de les dessécher avant l'heure, aux sources vives auxquelles on le puise. Qui sait, d'ailleurs, ce que le destin nous réserve ? Mes pressentiments sont tournés vers des faits redoutables qu'engendrent les passions humaines, et qui entraînent les peuples à des rencontres funestes. Ma place est marquée dans ces sortes de cataclysmes qui éclatent comme la foudre, et qui creusent, en un seul jour, bien des tombes, dans un même sillon. Pas plus que nous, notre génération n'est sûre du lendemain ; et, dans les plis de son ciel obscurci, notre époque a des orages auxquels beaucoup succomberont. Je ne sais quel projet sollicite ton esprit, mais quel qu'il soit, je le respecte. Mes sentiments pour toi sont de ceux que l'absence ne saurait modifier. Le lien qui nous unit est plus puissant que tous les liens. Une volonté première l'a noué avant que nous ne vinssions au monde. La mort elle-même n'en saurait rompre l'anneau.

Un matin, Héloïse partit, sans dire à Gontran où
elle allait.

La voiture qui l'emportait passa par la rue Taitbout et s'arrêta devant la porte de l'hôtel meublé
que nous connaissons.

Madame Beaugrand monta au premier, au fond,
sur la cour.

Peu après, elle descendit, soutenant Elvire Brémont, qui était de plus en plus affaiblie.

On chargea les bagages de cette dernière, puis
on gagna rapidement la gare d'un chemin de fer de
banlieue.

Une heure après les deux dames arrivaient à la
maison de brique, où tout avait été disposé à l'a-
vance pour les recevoir.

Elvire Brémont, le premier jour, fit une fois ou
deux le tour du jardin. La malade n'était pas
habituée au grand silence de la campagne, à ces
horizons coupés par les arbres, à ces découvertes
soudaines qui formaient un panorama grandiose et
recueilli, au milieu des splendeurs dont se pare la
nature au mois de juin.

De l'île que la malade allait habiter désormais,
en s'avançant sur la rive, on découvrait une chaîne
de coteaux couronnés de villas, au flanc desquels, sur

une ligne droite, entre deux gares, glissaient à chaque instant les trains chargés de canotiers, de soldats, de pêcheurs à la ligne et de bourgeois avides de grand air.

Un peu après les coteaux, s'ouvrait la plaine toute grande, jusqu'aux horizons lointains. La rivière coulait par là méandreuse et bordée d'épaisses touffes d'arbres.

Rivière dangereuse, celle-là ! Rivière souriante à tous et funeste, souvent ! Que de tendresses reflètent ses ondes molles et cadencées !... Mais aussi, que de cadavres dans les fanges, parmi les racines noueuses et les plantes chargées de limon !

Toutes les magnificences de ciel, de terre et d'eau n'étaient pas faites pour émouvoir Elvire Brémont. Elle restait insensible à tout ce qui ne pouvait intéresser directement son état. Son grand objectif, à elle, c'était de vivre, vivre encore, vivre toujours. Hélas ! la mort la comptait déjà au nombre de ses victimes ; mais, elle, ne s'en rendait pas compte. Et, à mesure que la vie l'abandonnait, la pauvre fille s'y cramponnait avec cette énergie suprême du noyé qui succombe.

— La campagne achèvera de me remettre, pour sûr ! — s'écriait-elle parfois. — Je le sens, je vais mieux. N'est-ce pas que je vais mieux ? Je me retrouverai donc toute fraîche et reposée pour l'hiver, quand mon amant sera revenu.

Madame Beaugrand s'était bien gardée de dire qu'elle était, elle-même, la femme légitime de cet amant attendu avec tant d'impatience. Elvire ne pouvait plus être une rivale pour elle !

Celle-ci ignorait, d'ailleurs, la condition de celle qui lui donnait de pareils soins et l'aidait ainsi après l'épuisement de ses ressources. A ses yeux, madame Gontran ne pouvait être qu'une demi-mondaine que la vue de son infortune avait touchée d'une pitié superstitieuse.

La maîtresse de M. Beaugrand avait accepté toutes les avances bienfaisantes dont elle était l'objet, comme une chose à peu près due ou toute naturelle. Elle avait même cru devoir conserver vis-à-vis de sa garde-malade providentielle, un certain ton de supériorité qui voulait dire :

— Ce que vous faites, c'est pour une femme qui a occupé un rang supérieur au vôtre. Les coups du sort ont fait que vous pouvez, à l'heure actuelle, rendre service. Ce service vous sera compté. Quand j'aurai repris mon rang et reconquis ma fortune, je n'aurai garde de vous oublier.

Madame Beaugrand était trop intelligente et trop au-dessus de pareilles misères pour en concevoir la moindre rancune. Elle poursuivait avec patience et humilité le but secret de son œuvre de dévouement, et à mesure que les forces déclinaient, chez la malade, elle redoublait de prévenances et d'égards.

On était au commencement de juillet. Madame Elvire, qui était à peine sortie quelques jours, s'alita définitivement. La maladie exerçait ses ravages à vue d'œil.

Madame Gontran ne quittait plus le chevet de la mourante. Nuit et jour, elle était sur pied, épiant les moindres mouvements et répondant par des paroles de consolation à l'expression parfois violente des angoisses de la courtisane.

Un médecin de Paris avait été appelé.

— Donnez-lui ce qu'elle voudra, — dit-il sans même examiner la malade. — Si elle éprouve des douleurs trop vives, vous lui ferez prendre de la morphine.

Là-dessus, le praticien alla à la fenêtre admirer le paysage qui était vraiment fort beau. En sortant, il cueillit une rose qu'il mit à sa boutonnière ; puis gagna le train qui devait le ramener.

Ce jour-là, Héloïse demeura pensive et réfléchie. Le secret inavoué de sa présence lui montait aux lèvres, mais elle hésitait encore ne sachant de quelle forme revêtir la question délicate qui sollicitait son esprit.

Quant à Elvire, habituée, depuis tantôt deux ans, à la souffrance, et ne sachant discerner le danger de sa situation, elle se laissait, comme toujours, aller aux folles illusions dont se bercent le plus souvent les poitrinaires.

— Elvire... — lui dit madame Beaugrand qui s'était assise au pied du lit.

La malade fit un mouvement et se tourna vers sa bienfaitrice.

Elle fut frappée du ton solennel qu'avait pris cette dernière, et ses grands yeux creusés par la fièvre se fixèrent ardemment sur elle.

— Elvire! — répéta madame Beaugrand d'une voix qu'elle s'efforçait de rendre assurée, — savez-vous qui je suis?

— Qui vous êtes? — murmura la malade avec étonnement, — une compagne, une amie pour moi, c'est tout ce que je sais ; le reste m'importe peu. Vous avez fait ce que bien des amies de longue date n'auraient peut-être pas fait. Mais c'est à charge de revanche, et, bien que ma dette de reconnaissance, vis-à-vis de vous, soit lourde, j'espère m'en acquitter un jour dignement, quand ma santé sera rétablie. Ah ! quel malheur est le mien !... Rester ainsi, loin du monde, loin de tous, dans l'isolement le plus complet....

— Vous avez toujours ignoré qui je suis,— reprit

gravement Héloïse. — L'heure est venue pour vous de l'apprendre. Vous m'avez souvent parlé d'un banquier, que de grandes affaires tiennent aujourd'hui éloigné de Paris, et dont la tendresse pour vous....

— M. Beaugrand ! — dit Héloïse avec un brusque mouvement qui découvrit ses épaules amaigries.

— M. Beaugrand lui-même, — poursuivit Héloïse. — Il avait cependant une femme qui, au dire de bien des gens, était jolie, et qui souffrit cruellement de l'abandon dans lequel on la laissait.

— Oui, j'ai entendu parler de cela, — objecta la malade. — une bourgeoise très-fière, très-dédaigneuse, qui s'imaginait qu'un homme est le très-humble serviteur de sa femme, et qu'il doit être fort honoré si cette dernière, une fois ou l'autre, laisse tomber sur lui un regard agréable. Au reste, cette madame Beaugrand, s'il faut en croire ce que l'on m'a dit, s'est bien consolée de l'abandon....

— Vous avez le droit de mépriser cette femme, — dit Elvire qui était devenue fort pâle, — madame Beaugrand serait bien coupable devant Dieu, si, dans sa nature même....

— Ah ! je déteste ces femmes-là ! — exclama Elvire, en se redressant. — Elles ont tout pour elles : éducation, famille, fortune. Leur passage auprès de nous est une insulte, leur rencontre une menace. Les hommes qu'elles ne savent pas garder, elles les poursuivent jusque dans nos bras. Et le jour qu'elles rentrent en possession du mari, qu'arrive-t-il? Ce qui est arrivé pour madame Beaugrand.... Elle avait un amant !...

Héloïse se leva.

— Cette madame Beaugrand, c'est moi! — dit-elle. — Tout ce que vous pourriez dire est vrai... je suis bien coupable!

A cette révélation, la malade resta comme anéantie. La femme qui avait tant fait pour elle, n'était autre que son ancienne rivale, celle dont elle avait empoisonné la vie et préparé le déshonneur.

Aussi corrompue que soit la courtisane, il revient parfois à sa nature de se laisser émouvoir par ce qui est généreux et beau. Elvire comprit en un instant toute la grandeur de l'attitude prise par madame Beaugrand. Elle s'en voulut aussitôt des paroles qu'elle venait de prononcer, et ce fut avec un attendrissement qui n'avait rien de feint qu'elle dit à Héloïse :

— Pardonnez-moi, madame, l'injuste jugement que j'ai porté, tout à l'heure, sur vous. Ce jugement

est bien plutôt l'expression de mes souffrances et de
mes regrets que celui de la vérité. Vous avez fait
pour moi ce qu'aucune autre femme au monde
eût fait. Permettez-moi de vous en exprimer toute
ma gratitude. Pardonnez, d'ailleurs, les vivaci-
tés du langage que j'ai parfois tenu devant vous.
Vous savez qui je suis, et mon passé serait peut-
être une excuse pour moi, si ce passé n'était de
ceux auxquels on ne pardonne pas. J'ai pu juger
qui valait mieux que moi, madame, c'était pour me
venger du jugement sans appel qui m'inflige une
flétrissure éternelle.

Il y eut un moment de douloureux silence,
durant lequel Héloïse prit dans sa main la main
brûlante de la malade.

— Que de choses étranges ! — poursuivit cette
dernière, — dans les existences qui semblent les plus
courtes et les moins remplies !... J'ai été un sujet de
discorde dans votre famille. Aujourd'hui, que m'arrive-t-il? C'est vous seule que je trouve à mon
chevet, pour m'assister et me secourir. Comment
avez-vous fait pour vaincre les répugnances que
devait vous inspirer la maîtresse de votre mari, la
cause première de votre malheur, à vous ; car tout
me dit que vous avez été et que vous êtes malheureuse?... Comment avez-vous fait pour vous domi-
ner ainsi? Mais, à votre place, avec mes instincts

de fille, j'aurais rêvé fer et poison pour me venger !
Et vous, je vous vois là, comme une sœur de charité, épiant à toute heure l'occasion de m'être
agréable ou de me prodiguer vos soins, comme
vous ne l'avez jamais fait pour personne. Ah !...
madame, je ne pourrai jamais reconnaître de pareils bienfaits ; mais si Dieu exauce la prière d'une
malheureuse qui expie bien cruellement ses fautes,
il vous comblera de ses dons pendant et après
cette vie.

Héloïse était de plus en plus troublée.

— Elvire, ma sœur, — dit-elle en s'agenouillant
au pied du lit et en attirant à elle, sur son épaule, la
tète de la mourante, — demandez pardon à Dieu des
erreurs et des entraînements de votre passé. Le
Christ pardonna à Madeleine, il vous pardonnera
également. Bien plus que vous, moi, je suis coupable,
car j'ai trahi des devoirs que la femme ne devrait
jamais trahir. La terre et le ciel m'ont confondue
dans une commune malédiction et vous-même avez
le droit de me refuser le peu d'estime que je sollicite cependant de vous comme suprême consolation.
Elvire, devant Dieu qui nous entend, assurez-moi
que vous n'avez aucun sujet de méfiance à mon
égard, et que vous consentez à me considérer comme une sœur, ou plutôt, comme une mère, car mes

forces et ma sollicitude me permettent de vous en
tenir lieu. En retour, jai un sacrifice à vous demander, un sacrifice qui sera pour moi un commencement de réhabilitation, car de la femme adultère, il fera la femme libre, aux yeux de tout le
monde.

— Que puis-je vous refuser! — soupira Elvire
haletante et comme éclairée soudainement sur sa
situation. — Mais aussi que puis-je faire pour vous?
Ne suis-je pas cette feuille desséchée que le
vent roulera, demain peut-être, dans l'ornière du
chemin des trépassés. Vous me demandez, à moi,
pauvre fille de plaisir frappée au cœur en pleine
fête de la vie, un sacrifice qui doit vous être agréable. Quel sacrifice puis-je faire, moi qui n'ai plus
rien que le mal qui dévore mes chairs et dessèche
mes os? Que puis-je vous donner encore du passé
magnifique qui m'a fui pour toujours? Des amertu-
mes, des regrets... Je cherche en vain et ne comprends pas... Je comprends seulement que vous
êtes bonne, que vous êtes grande, et que les anges
de charité dont Dieu s'environne vous contemplent
en ce moment, dans leur céleste admiration. Votre
langage, votre beauté me pénètrent, et cette douce
étreinte qui me repose sur votre cœur de toutes mes
fièvres, de tous mes délires, est comme un pacte de
réconciliation avec le ciel.

10.

— Vous me jugiez sévèrement, tout à l'heure, ma chère Elvire, — objecta doucement Héloïse. — Maintenant vous m'exaltez, et c'est rendre encore plus cuisants les remords de mon crime. J'ignore votre existence, ce que je sais c'est que vous n'apparteniez qu'à Dieu et qu'à vous-même. Les entraînements, pour la femme seule, abandonnée, sont presque toujours funestes. Si vous avez succombé, votre faute a eu des complices plus coupables que vous. Moi, au contraire, rien ne m'excuse, tout me condamne. J'ai eu pour moi l'enseignement du bien, la sauvegarde de la famille, rien n'a pu me retenir. Aussi, pardonne à ma demande, chère sœur, pardonne ce qui va te paraître bien étrange, puisque je voudrais, après t'avoir donné un nom que j'ai indignement porté, user, en prenant le tien, du privilége d'indépendance et de liberté qui s'y rattache.

— Me donner votre nom et prendre le mien ! — Exclama Elvire avec stupéfaction. — Songez-vous, madame, que vous demandez à être classée au rang abject des courtisanes !

Héloïse s'était levée. Les cheveux épars sur ses épaules, les mains jointes, les yeux baissés, elle eut un élan d'humilité qui rendit sa beauté sublime.

— Je suis la femme adultère... — dit-elle.

Un grand silence se fit ; Elvire, sous le coup d'une poignante émotion, le rompit la première.

— Mais si vous demandez de prendre mon nom, — dit-elle, — c'est pour que votre souvenir s'efface plus vite dans la mémoire des vivants. Vous voyez ma dernière heure approcher et votre pensée est celle-ci : — « Elle emportera tout avec elle, dans les plis de son linceul : la réprobation qui me frappe et la menace qui l'accompagne. » — Héloïse, la mort est donc bien près de moi, pour que vous veniez ainsi solliciter le triste héritage de mon déshonneur ?

Madame Beaugrand comprit aussitôt quel sujet d'épouvante était pour la pauvre fille la mort qu'on lui montrait de si près.

— Rassurez-vous, — dit-elle à la malade. — Nul ne s'appartient plus que vous et je puis mourir moi-même avant que votre dernière heure ait sonné. Que ne suis-je à votre place, si ce n'est pour mourir, du moins pour expier et sentir mon âme se dégager des liens terrestres qui la blessent et compromettent son salut ! Malheureusement, ce que je souhaiterais le plus ne se peut pas. Il faut suivre sa destinée, et la destinée pour moi est de souffrir jusqu'à ce que l'arcane du pardon ait rem-

pli sa sphère. Loin de moi, d'un autre côté, chère
Elvire, ô ma sœur, la pensée d'avoir un seul instant spéculé sur votre mort. Mais pourquoi ne seriez-vous pas madame Beaugrand, vous qui avez su
captiver la tendresse de l'homme qui porte ce nom,
tandis que moi, il m'accablait de ses dédains ? Et
qui sait, si vous présentant à lui, à l'étranger où le
retiennent des affaires d'intérêt, avec les titres ré-
guliers de ma disparition, il n'accepterait pas le
compromis qui établira désormais entre nous deux
un lien indissoluble. Je change de nom avec vous,
voilà tout. Que vous viviez ou que vous mouriez,
que je vive ou que je meure, le fait n'en sera pas
moins le même.

— Non, je le sens,— réfléchit Elvire,— je le sens
bien, je vais mourir, et mieux vaut la mort que le
supplice que j'endure, depuis tantôt deux ans. Pé-
risse mon corps, que mon nom serve encore les
passions humaines, peu m'importe, si Dieu daigne
m'accorder et repos et pardon. Prenez de moi ce
que vous voudrez ; votre souvenir sera la légende
de ma vie, par delà les âges, et s'il est vrai que les
âmes des trépassés accompagnent les vivants, je
serai avec vous du fond de la tombe que je vois
s'entr'ouvrir pour moi. Héloïse, soyez Elvire Brémont, puisque le nom que vous portez est une
chaîne trop lourde. Qu'ai-je à faire du mien ? Sans

vous, n'aurait-il pas été remplacé déjà par un numéro d'ordre, au fond d'un hôpital ? Mais avant de le livrer cette triste dépouille, ô ma sœur, souffre que je la rende digne de toi, en appelant sur elle la prière qui purifie et permet aux plus souillées de regarder le ciel. Fais venir un prêtre, il me bénira et consacrera la réunion de deux êtres qui vivront désormais dans un seul, et dont la déchéance commune aura eu son holocauste.

.    .    .    .    .    .    .    .    .    .    .    .    .    .    .    .

Un prêtre jésuite était en mission dans la contrée. On le fit venir.

En entrant, il promena autour de lui un regard inquisiteur et parut frappé de la différence de manières et de ton qui existait entre les deux personnes.

Il resta seul avec la mourante.

— Dieu lui fera miséricorde, — dit-il ensuite à Héloïse, au moment de se retirer, — est-ce une de vos parentes, madame ?

— Non, mon père, — répondit celle-ci.

— Je l'ai bien pensé, — ajouta le jésuite, en tirant de sa poche une carte de visite qu'il remit.

— Si vous avez jamais besoin de mon ministère, voici mon nom et mon adresse.

Sur la carte on lisait :

D'ISARN DE WILLAMFORT

Jésuite.

Rue.....

Madame Beaugrand se rappela ce nom. Autrefois, dans sa jeunesse, elle avait assisté à une cérémonie religieuse au cours de laquelle ce religieux avait prononcé un discours dont on avait fait grand éloge. C'était le jour que Gontran de Marmignac, étourdi sans doute par la fumée de l'encens, effleura, en relevant trop brusquement la tête, le visage d'une jeune fille inclinée sur son prie-Dieu.

Après le départ du prêtre, Héloïse revint auprès de la malade. Cette dernière avait le visage serein. Elle tendit sa main à sa bienfaitrice.

— Merci, encore une fois, de tout ce que vous avez fait pour moi, — dit-elle, — maintenant, je puis mourir et mon nom, puisque vous ne rougissez pas de le porter, vous appartient.

Héloïse alla à un secrétaire, et prenant une liasse de papiers, elle la déposa auprès de la mourante.

— Désormais, — dit-elle, — je m'appellerai Elvire Brémont et toi, ma sœur, tu t'appelleras madame Beaugrand. Voici ton état civil.

Elle montra du doigt la liasse de papiers.

Un long silence suivit et la malade, se recueil-
lant, sembla écouter les voix intérieures de sa
réconciliation avec Dieu.

Son visage, plus blanc que le marbre, se ranima
bientôt insensiblement, ses paupières blémies se
soulevèrent sur ses grands yeux brillants.

— Héloïse ! — appela-t-elle.

Celle-ci s'approcha.

— Apporte-moi, — dit Elvire, — le coffret, où
sont les quelques bijoux qui, grâce à toi, me res-
tent. Il faut que tu saches comment en disposer
après... ma mort.

Elle tira successivement du coffret plusieurs
écrins renfermant des parures.

Sa main fébrile se tendait vers ces objets tant
convoités autrefois, et maintenant inutiles, dont le
scintillement, amorti par le jour, n'avait que des
reflets languissants.

Une dernière fois la malade les mit. Ces vanités
de la vie, firent, un instant, fête à la mort. La
pauvre âme prête à quitter la terre eut un dernier
tressaillement dans un corps que la douleur elle-
même semblait abandonner au cercueil.

De courtes instructions données à Héloïse suffi-

rent, car la valeur des bijoux n'était pas considé-
rable.

Pierres précieuses et brillants avaient été chan-
gés. Perles fausses et stras, c'est tout ce qui restait
dans ces fines montures qui enchâssèrent un jour
de quoi faire l'aisance de plusieurs familles. Il y
avait à peine l'or nécessaire pour payer les fos-
soyeurs et l'humble pierre qui marque une tombe.

Elvire, remit un à un, dans le coffret, ces débris
d'une grandeur éphémère. Le dernier était un
médaillon d'un remarquable travail, retenu par un
petit collier en or.

- La mourante le considéra, puis l'élevant au-dessus de sa tête :

— Héloïse, — dit-elle, — je te demande comme
dernière faveur de porter, désormais, ce bijou en
souvenir de moi.

Le premier mouvement d'Héloïse, fut de refuser
ce présent. Mais un regard de la mourante fit taire
ses répugnances.

Elle prit le médaillon et, tout en l'examinant,
pressa le ressort dissimulé sur un des côtés; un des
boîtiers en cédant découvrit à l'intérieur un portrait
en miniature.

La jeune femme s'approcha aussitôt de la fenêtre
pour mieux voir ce portrait. Elle eut un brusque
mouvement, après lequel elle regarda de plus près.
Une immense douleur se peignit aussitôt sur son

visage. Elle porta la main à son cœur, comme si elle l'avait senti atteint par la lame d'un poignard.

Le portrait était celui de Gontran de Marmignac.

La colère succéda rapidement à l'émotion, chez Héloïse. Le rouge lui monta tout à coup au visage, un frémissement parcourut tout son corps, ses yeux s'injectèrent.

— Ah ! misérables femmes ! — s'écria-t-elle en se tournant vers Elvire. — Il est donc vrai que vos funestes embrassements poursuivent tous les hommes ! Salir, salir encore est votre destinée ! Ce portrait... d'où te vient ce portrait?... dis-le, dis-le tout de suite...

En parlant ainsi, Héloïse, hors d'elle-même, s'était dressée menaçante au chevet de la malade. Ce n'était plus une femme, c'était une lionne à laquelle on a arraché ses petits.

— Parle! — ordonna-t-elle en s'exaltant davantage, — parle, réponds-moi !

Et, saisissant Elvire, elle l'arracha de sa couche et la traîna à genoux sur le tapis de la chambre.

A ce transport furieux, de la part d'une créature si douce, à la violente agression dont elle était l'objet, Elvire, qui était déjà si faible, perdit connaissance et s'affaissa sur elle-même.

— Mon mari ! — rugissait madame Beaugrand, —

11

mon mari ! ... je t'avais pardonnée... Mon amant !...
tu me l'as pris aussi !...

A cette horrible pensée, à la déchirante angoisse
quelle en ressentait, Héloïse, devenue méconnais-
sable, allait se livrer peut-être aux plus épouvan-
tables représailles, si l'excès de colère n'eût soudainement déterminé, chez elle, une crise nerveuse,
dont la violence fut comme un coup de foudre.

Succombant de nouveau à sa nature, madame
Beaugrand tomba à côté de celle qui, un instant
plus tard, eût été sa victime. Elle resta ainsi, les
lèvres crispées, les membres roidis, poussant de
sourds gémissements . . . . . . . . . . . . . . . .

Quand Héloïse eut reprit l'usage de ses sens, en
ouvrant les yeux, elle aperçut, penchée sur elle, la
pauvre Elvire qui, pour lui donner des soins, avait
déployé une énergie que trahissait maintenant l'a-
bandon de toute force. Elle souriait, néanmoins, et
paraissait heureuse d'avoir pu rendre un peu de ce
qu'elle devait tant. Rien ne trahissait l'amertume
d'une scène oubliée, rien...

Seulement le médaillon gisait tout ouvert sur le
tapis, et c'est sur lui que se portèrent bientôt les
regards d'Héloïse.

Elvire alla jusqu'au médaillon, en s'appuyant de
ses mains sur le tapis : elle n'avait plus la force de
marcher ; et ramassant ce bijoux :

— Tu peux le porter, — dit-elle à sa compagne.
— L'homme que représente cette image repoussa
mon amour. Un peintre de ses amis me donna ce
portrait. Je l'ai gardé depuis, sans savoir pourquoi... comme un signe de rédemption.

Héloïse saisit le médaillon dont elle contem-
pla avidement l'image. Puis, se tournant vers
Elvire :

— Jure... — dit-elle.

— Je jure! — répondit la poitrinaire. — Dieu
m'est témoin de la vérité de ce serment.

A ces mots, Héloïse, qui s'était redressée, prit
dans ses bras la courtisane, et la pressant sur son
cœur, en la couvrant de larmes brûlantes.

—Pardonne! Ah! pardonne-moi, — supplia-t-
elle ; — si tu savais ce qu'un doute, à l'égard de cet
homme, peut me causer de désespoir! J'étais folle;
pardonne-moi... Oh! mon Dieu, qu'allais-je faire !
Pourquoi faut-il que ma nature soit sujette à de tels
emportements! Elvire, ma sœur, que ne puis-je
mourir ici, à cette place, pour te témoigner ma
honte et mes regrets !

Le visage d'Elvire exprima une joie touchante.

— Que me parles-tu de pardon ! — Est-ce à
moi de pardonner? Quelles injures, quelles humi-
liations, venant de toi, rempliraient la mesure de tes
bienfaits?.... Que de tourments, que d'angoisses ont
laissé en toi leur tristesse ! Et tu me demandes

pardon, à moi, qui suis la première cause de tes
maux ! Tout à l'heure, ne t'ai-je pas, sans le vouloir, plus cruellement offensée encore? Aux clartés
dont mon âme s'environne, je vois, aujourd'hui, ce que
nous pouvons faire souffrir, nous autres, filles éga-
rées ou perdues, qui nous plaignons de tant souffrir... Ah! je ris des regrets que tu m'exprimes !
Alors même que tu m'eus pris le peu de jours que
j'ai encore à vivre, tu n'en serais pas moins la victime
et moi le bourreau !

Rien n'est gracieux et enchanteur comme les contrées riveraines de la banlieue de Paris, au mois de juillet. Le soleil et la verdure y font une sorte de paradis terrestre, où le Parisien va goûter les plaisirs simples qui le reposent des fatigues de l'hiver. Les villas, dans ces contrées, sont autant de petits nids d'amour qu'embaument les fleurs sans cesse renouvelées, qu'ombragent les massifs pleins de murmures où la nichée du printemps essaye ses jeunes ailes.

A la maison de brique, le plaisir serait le même, n'était le triste état dans lequel nous avons laissé Elvire Brémont.

La malade touche désormais à sa fin. Rien cependant n'est changé dans ses souffrances, mais son pauvre corps brisé ne saurait résister plus longtemps.

Un moment, lors de son entrevue avec le prêtre jésuite, Elvire avait compris sa véritable situation. Maintenant, ses illusions sont revenues. Réconciliée avec Dieu, elle lui demande, chaque jour, avec une ferveur de néophyte, la santé qui lui permettra de reprendre son ancienne vie.

Pauvre fille! toutes les belles roses du jardin que madame Gontran lui apporte pour égayer sa chambre ne suffisent pas pour éveiller en elle les souvenirs joyeux. Quand un reste de force lui permet de quitter le lit, immédiatement elle se pare comme s'il s'agissait, pour elle, d'assister à une grande fête à laquelle un prince l'aurait conviée. Et c'est vraiment grande pitié de voir ainsi cette pauvre créature qui revêt, comme suprême consolation de ses défaillances physiques, une livrée de pêcheresse, dont les étoffes aux couleurs éclatantes s'indignent d'abriter les effroyables nudités du cadavre. Une pâleur livide fait place au rouge, sur des pommettes saillantes et des joues creusées ; les fleurs ornent des cheveux ramenés en torsade sur le devant de la tête.

Hélas ! les fleurs et la femme passeront en même temps, car le dernier jour vient de luire, et la dernière heure va bientôt sonner.


Ce jour-là, Elvire s'était réveillée de grand matin. Elle se sentit mieux.

— C'est la guérison, — dit-elle, — je vais me lever et sortir.

Elle s'habilla, mit du fard, et descendit au jardin. Toutes les fleurs étaient épanouies, des parfums couraient dans l'air, en même temps que cette douce chaleur si chère aux malades.

C'était un dimanche, sur la berge, des deux cô-

tés, par delà la clôture, on entendait la foule joyeuse
des Parisiens échappés aux affaires. Sur la rivière
glissaient les canots au milieu des éclats de rires et
des chansons. Au loin, du côté des guinguettes,
arrivaient, par bouffées inégales, avec la brise, les
accords retentissants des orchestres de bal.

— Dieu est bon ! — dit Elvire à Héloïse, sur le
bras de laquelle sa main fiévreuse s'appuyait. —
Je vais guérir. Je le sens. Si tu savais ce qu'un peu de
vie donne de bonheur. Encore quelques jours, je
serai forte. J'irai en Italie rejoindre M. Beaugrand.
Je lui dirai tout. Il me prendra avec lui, et je vivrai
heureuse, riche...

Le soir vint et le grand silence de la nuit s'étendit bientôt sur toute la contrée. La foule s'était dis-
persée, regagnant les embarcadères. En haut, resplendissait un ciel plein d'étoiles. En bas, les bois
et les bosquets décrivaient de grandes ombres le
long des rives embaumées.

Elvire avait dîné de quelques gousses d'orange,
et ce repas lui avait semblé préférable à tous les sou-
pers qu'elle fit autrefois. Elle regagna sa chambre
avec l'énergie que donne une folle espérance. Elle-
même défit sa robe, afin de revêtir un peignoir de
mousseline ; puis elle s'étendit sur une chaise lon-

gue, à la fenêtre, d'où l'on apercevait, au loin, la campagne envahie par les blanches clartés.

Qu'elles sont heureuses, ces courtes nuits d'été pour quiconque peut jouir de la vie, au fond des villas mystérieuses parfumées de jasmins et de roses! Dans ce repos qui les visite, il se fait comme un bruit de baisers, et si un chant s'élève fendant l'espace, il y a dans ses strophes plaintives l'accent ému des âmes qui s'épanchent. On s'éprend, à ces heures de la vie qui s'écoule de la sorte, unie comme la surface des lacs tranquilles. C'est le beau rêve des humains, c'est l'hymne de jeunesse qui semblerait éternelle, si le glas des trépassés ne l'interrompait parfois, et si les avertissements de la Mort ne se multipliaient également sous les cieux les plus purs, au sein des sites les plus enchanteurs : — « Souviens-toi que tu es poussière !... »

La vue des magnificences du ciel et de la terre confondues dans une commune splendeur avaient plongé Elvire dans une sorte d'extase. A mesure que la nuit s'avançait, la malade éprouvait un allégement de tout son être qui lui faisait oublier les souffrances et les angoisses passées. Son esprit, son âme, tout en elle se dégageait insensiblement de la matière pour gagner l'espace et se répandre dans l'immensité.

Elle était blanche, elle était belle ainsi, la courtisane purifiée, à laquelle la parole du Christ allait ouvrir les portes éternelles. Et, en partant, son regard se tournait encore vers cette terre qu'elle allait quitter pour toujours. Le paradis d'Elvire, c'était la guérison, c'était l'Italie, M. Beaugrand et la fortune. Et comme elle n'éprouvait plus aucun malaise, et que la douleur avait accompli son œuvre, la malade tendait ses pauvres bras amaigris vers tous ces biens qu'elle croyait ressaisir.

— Héloïse, je suis guérie ! — dit-elle, — oui, guérie ! Jamais je n'ai éprouvé un tel bien-être, et quel ravissement est le mien ! Dans deux jours, je partirai, avant même si je puis. J'irai là-bas, trouver M. Beaugrand... Mais je vais dormir un peu; c'est si bon de pouvoir dormir !

Et elle inclina sa tête sur le dossier de son siége. Un grand silence se fit. Elvire Brémont n'était plus!

Quand les autorités se présentèrent pour constater le décès, elles trouvèrent sur un meuble une liasse de papiers qui constituait un état civil régulier. On enregistra aussitôt le décès de madame Beaugrand, femme séparée du sieur Beaugrand, banquier à Paris.

11.

En même temps, les parents, les alliés et anciens amis des familles de Cimaure et Beaugrand reçurent une lettre de deuil leur annonçant le fatal événement.

Après avoir rendu les derniers devoirs à la morte, Héloïse revint à Paris et rejoignit Gontran de Marmignac que son absence prolongée avait plongé dans la plus mortelle anxiété.

— Maintenant, je t'appartiens pour toujours, — dit-elle en embrassant le jeune homme. — Tu connais les menaces terribles de la loi contre nous et les représailles que M. Beaugrand pouvait exercer. Tu sais quelle honte était la mienne vis-à-vis de ma famille et du monde dans lequel j'ai vécu, de porter un nom dont j'étais le déshonneur. Mieux valait la mort, n'est-ce pas ? Mais la mort, c'était un nouveau crime, car il eût fallu me tuer de ma propre main. Eh bien ! j'ai trouvé le moyen de mourir au monde et de n'exister plus que pour toi, et pour demander pardon à Dieu. Héloïse de Cimaure, ou plutôt madame Beaugrand, est morte. Désormais je m'appelle Elvire Brémont. J'ai tous les titres qui consacrent l'authenticité de ce nom.

— Enfant, — murmura le jeune homme, — pourquoi cette substitution inutile, et pourquoi m'avoir tant fait souffrir pour atteindre un but presque insignifiant. Que m'importe le nom, n'est-ce pas toi que j'aime ? Ne t'es-tu pas d'ailleurs exagéré la portée des menaces que la loi nous fait, au nom de

M. Beaugrand. Ce dernier est retenu loin de nous ;
et il ne songe pas à réveiller le souvenir du scandale qui est une flétrissure commune. Nous pour-
rions, il est vrai, à la faveur de ces papiers mensongers, contracter une union qui serait légitime
aux yeux des hommes. Mais tromperions-nous Dieu,
et notre faute ne resterait-elle pas la même ? Mais
qu'ai-je besoin de te parler ainsi ! Des événements
autrement graves que ceux qui se rattachent à nous-
mêmes viennent de surgir. Héloïse, une nouvelle
séparation plus longue que celle-ci se prépare pour
nous. J'ai le cœur plein de larmes en te l'annonçant, mais mon âme tressaille de joie, car ma vie
ne sera plus inutile et sans but. Aujourd'hui, la
France a déclaré la guerre à l'Allemagne. Ma place
est sous les drapeaux. Dans quelques jours, je serai
à mon poste.

A cette nouvelle, Héloïse devint horriblement
pâle. Elle s'affaissa sur un siége et garda quelques
instants le silence. Puis, se relevant tout à coup :
— O mon Gontran ! — dit-elle, — tu sais combien je
t'aime.... Loin de moi cependant la pensée de te
détourner du plus saint des devoirs ! Oui, devrais-tu
y succomber avec tes frères, ta place est marquée
là-bas, sur les champs de bataille. Que Dieu pro-
tége la France, qu'il la soutienne dans ses luttes, et
lui conserve son rang parmi les nations !

A ces paroles, les deux amants tombèrent dans les bras l'un de l'autre et restèrent longtemps embrassés.

Quand Héloïse rentra dans son appartement, son visage avait un éclat inaccoutumé ; une flamme ardente brillait dans son regard. Elle s'agenouilla devant son christ et pria tout le jour.

FIN DE LA TROISIÈME PARTIE.

# QUATRIÈME PARTIE

---

## LE ZOUAVE DE CHARETTE.

C'était le 1ᵉʳ décembre 1870. Nous sommes à Saint-Péravy-la-Colombe, localité voisine de Patay.

Que chacun se rappelle la date que nous inscrivons ici.

Le département du Loiret n'a plus sa physionomie habituelle. C'est un vaste champ de bataille où le grand-duc de Mecklembourg et le prince Frédéric-Charles, avec leurs troupes respectives de Prussiens et de Bavarois, ont pour mission d'arrêter la marche des Français sur Paris. Ils forment une ligne dont la droite s'étend à Orgères et la gauche

à Santilly, en passant par Tanon, Goury, et Ba-
zoche-les-Hautes.

En face, l'armée de la Loire, commandée par le
général Chanzy, occupe, en ligne parallèle, Artenay,
à droite, et Nonneville, à gauche.

Il est neuf heures du soir. On s'est battu toute la
journée et l'avantage est resté aux Français. En
transmettant cette heureuse nouvelle, le général en
chef a appelé à lui le 17e corps, sous les ordres du
général de Sonis. Ce dernier s'est porté immédiatement à Saint-Péravy-la-Colombe. De là, il a
dirigé sur Patay une division ayant à sa tête le général Dubois de Jancigny. Ce qui reste du 17e corps
partira dans la nuit afin de prendre part à l'action
du lendemain.

Le lecteur se rappelle certainement combien devait être décisive la bataille du 2 décembre.

Avec un avantage comme celui de la veille, le
général Chanzy, forçant les lignes allemandes, allait
s'avancer vers Paris à la rencontre du général Ducrot, dont on annonçait la victorieuse sortie.

Qui ne se rappelle ces rapides journées où se
décida le sort de la campagne ! Qui n'a gardé le
souvenir de fièvres d'un tel moment ! Après tant
de défaites, de désastres, la France apprenait tout
à coup que le général Chanzy et le général Ducrot

étaient vainqueurs. Après cela, un seul fait, la jonction de ces deux généraux, entraînait la levée du siége et la retraite précipitée des armées allemandes.

Quelle espérance et quel triomphe! Que de cœurs battirent, que de prières s'élevèrent vers le ciel! Hélas! il n'y eut pas que des prières. On vit aussi des manifestations dont la joie allait bientôt faire place à la tristesse et au deuil!

Mais de telles considérations ne sont pas du domaine du romancier. Traversons rapidement Saint-Péravy-la-Colombe, dont les rues sont encombrées d'hommes, de chevaux, de caissons d'artillerie et de voitures d'approvisionnement.

Par là, à l'entrée du village, est une sorte de grange, dans laquelle une vingtaine de zouaves pontificaux, officiers ou sous-officiers, ont cherché un abri contre le froid.

Au milieu de ce local, on a allumé quelques fagots dont la flamme éclaire les quatre murs délabrés.

A demi-couchés ou assis, les zouaves prennent leur repas. Bien qu'harassés de fatigue, ils devisent joyeusement entre eux et se font fête d'être enfin appelés à entrer en lutte. Le 17ᵉ corps, auquel ils appartiennent, est, en effet, de formation toute récente; il n'a encore pris aucune part aux opérations. Notons cependant que la plupart des braves jeunes gens qui sont là, ont déjà combattu dans les rangs de l'armée régulière. Plus tard, ils ont rejoint M. de Charette, qu'un décret du gouvernement de la Défense nationale a autorisé à déployer son drapeau.

— Eh bien ! — dit en ce moment un capitaine au mâle visage et à la tournure distinguée, — eh bien ! croyez-en ce que vous voudrez, mais j'ai le pressentiment que, d'ici quelques jours, bien peu d'entre nous vivront encore.

— Pourquoi cela ? — hasarde quelqu'un.

— Parce que le général de Sonis nous connaît, — répond l'officier qui a parlé, — et je vous assure qu'il ne nous ménagera pas.

— Tant mieux ! — s'écrient plusieurs voix ; — on saura comment se font tuer les soldats du Pape.

— Devenus soldats de la République.

Ces dernières paroles partent de l'entrée même de la masure.

Chacun se retourne. Le mot *République* a mal sonné aux oreilles de la petite assemblée.

Celui qui l'a prononcé est un homme de haute stature, à la barbe presque entièrement blanche, aux épaules un peu voûtées. Il porte l'uniforme de simple zouave.

Tous l'ont reconnu. C'est le marquis de Picourdan.

— Ah ! mon père, — exclame un des jeunes officiers, en s'avançant avec respect au-devant du nouveau venu, — mon père, cela n'est pas bien. Vous m'aviez promis de ne jamais plus parler de la sorte. Il n'y a pas ici de soldats de la République. Il y a des gens qui se dévouent pour leur pays.

A la vue du marquis de Picourdan, le cercle s'est élargi autour du foyer, on le presse d'accepter la meilleure ou plutôt la moins mauvaise place.

Après avoir salué, comme s'il entrait dans le salon le plus aristocratique, le vieux gentilhomme prend place au milieu des jeunes gens. Sortant ensuite un morceau de pain et une gourde d'eau-de-vie de sous sa capote, il se met en mesure de souper. Puis tout en rompant son pain :

— C'est vrai, — dit-il. — J'ai prononcé un vilain mot. C'est à vous de me mettre à l'amende. Mais à la vue de ce qui se passe, je ne puis m'empêcher de faire bien des réflexions. Aujourd'hui, je déplore presque l'initiative prise par le brave colonel de Charette. Nous servons, il est vrai, la France, et en cela nous nous tiendrons toujours au-dessus de tout reproche. Mais, en l'état actuel, il ne faut pas se le dissimuler, notre bravoure et nos sacrifices de toutes sortes profiteront surtout à la cause républicaine. Pauvre parti que le nôtre, messieurs, pauvre cause que cette cause si belle de la légitimité. On y est tout cœur, mais on y manque de tête. Je vous de-

mande un peu si après Sedan, il ne nous revenait
pas de relever le trône. Pensez-vous qu'il y eût
beaucoup à faire pour cela? L'intrigue politique
n'est pas notre fort. Au lieu de nous faire députés
nous endossons la veste du zouave, et comme la
Patrie est en danger, nous allons trouver les républicains en leur disant : « Nous voilà! » Ils n'ont
eu garde de refuser nos services. Jugez donc quelle
aubaine pour eux! Tout ce que le parti légitimiste a
de grand, de généreux, de sympathique, la fine fleur,
en un mot, de notre chevalerie est là sous une même
enseigne, formant deux ou trois petites troupes qu'on
a pris soin de disséminer. On se serait bien gardé
de les laisser opérer en masse. Et maintenant voilà :
on nous fera massacrer en détail au milieu d'opérations sans issue. Vous serez héroïques : nul ne
s'en apercevra. Vous vous ferez tuer : c'est à peine
si l'on jettera quelques fleurs de rhétorique sur vos
tombes. En définitive, votre parti, après la guerre,
se trouvera absolument privé de la génération qui
eût fait son triomphe. Et quand une fois encore —
la dernière peut-être — la France s'apercevra qu'il
lui manque un roi pour assurer la jouissance paisible de ses richesses territoriales, il ne restera plus
que des boutiquiers, des marchands de jambons
pour aller offrir la couronne au comte de Chambord.
Et celui-ci, écœuré, répondra : « Je n'en veux
plus! »

A la révélation d'un tel avenir, il y a quelques murmures dans l'assistance. Puis, il se fait un long silence. Les zouaves respectent ce vieillard qui a si généreusement répondu à l'appel de M. de Charette, et dont les théories, on le sait déjà, sont toujours en contradiction avec les actes.

Le marquis de Picourdan, en effet, n'a nullement changé depuis le jour que nous l'avons vu au château des Oserales.

Professant la même doctrine et le même esprit de contradiction, il a suivi à Tours son fils Robert qui allait reprendre le grade de lieutenant auquel il avait été élevé dans l'armée pontificale. Notons bien que Robert a déjà combattu comme simple soldat, et qu'il a été blessé à Sedan.

Une fois à Tours, le marquis s'était laissé griser par la vue de l'uniforme. Malgré les instances de madame de Picourdan, qui lui écrivait des lettres désespérées, peut-être même un peu à cause de ses trop pressantes instances, il avait demandé d'être porté sur les cadres, comme volontaire.

— Mais, mon cher marquis, — lui dit M. de Charette, — je ne puis vraiment pas faire de vous un simple troupier. Si vous persistez dans votre résolution, souffrez au moins que je vous donne un grade équivalent à celui de votre fils.

Le marquis persista, mais pour être simple zouave.

— Il y a trop longtemps que j'ai brisé mon épée d'officier,— objecta-t-il. — Je n'accepterai pas désormais un nouveau commandement. J'aime mieux me ranger parmi les plus humbles. Mon âge et mes infirmités m'obligent à décliner toute responsabilité.

Et avec son franc parler habituel, le marquis avait repris la vie du soldat. Il donnait, entre deux causeries, qui rappelaient un peu la Fronde, l'exemple de la discipline militaire la plus rigoureuse, et si l'on riait parfois de sa faconde et de ses turbulences oratoires, on admirait toujours en lui le plus magnifique et le plus chevaleresque des caractères.

Ce soir-là, c'est-à-dire le 1er décembre, le marquis de Picourdan avait porté la conversation sur un terrain ingrat. Il ne trouva pas d'interlocuteurs.

Les discussions politiques sont bien vides, en effet, à certains moments. Or, les zouaves pontificaux se trouvaient à un de ces moments où l'esprit se recueille, où l'âme s'isole volontiers au sein des contemplations intérieures.

La lutte qui devait s'engager le lendemain était redoutable, décisive, surtout pour les zouaves de Charette, qui avaient sur le cœur les injures et les calomnies dont on ne cessait de les couvrir en France, comme autre fois pendant qu'ils étaient dans les Etats Romains. Aussi de suprêmes résolu-

tions se lisaient sur leurs traits et, aux lueurs mou-
rantes du foyer, dans la grange abandonnée qui
leur servait d'asile, on sentait que la mort faisait
déjà son choix.

Ils se couchèrent tour à tour, car la marche avait
été longue, et le réveil devait être prochain.

Au bout d'un quart d'heure, trois ou quatre d'entre eux seulement avaient résisté au sommeil ou
plutôt à ce besoin de solitude qu'engendrent les
circonstances solennelles.

Le marquis de Picourdan, lui, était resté devant
le feu, ramenant dans le brasier les fragments de
bois mort que la flamme n'avait pas atteints. Il
fumait une grosse pipe de bruyère, d'un air qu'il
s'efforçait de rendre stoïque ; mais son regard se
portait, avec un attendrissement furtif, sur les jeunes hommes qui l'entouraient. Et si, par hasard,
une grosse larme, montant au coin de l'œil, se ba-
lançait entre ses paupières, il saisissait sa gourde
d'eau-de-vie et faisait semblant de boire, en poussant un *hum !* formidable, capable de réveiller le
plus endormi.

Il aurait voulu parler, et parler beaucoup, ce bon
vieux gentilhomme. Or, personne n'était disposé à
l'écouter, pas même son fils.

Le marquis ne put s'empêcher d'user de

son autorité paternelle auprès de ce dernier.

— Robert! — appela-t-il.

Le lieutenant, assoupi, releva la tête.

— Eh bien, mon père?

— Dis-moi, as-tu vu Marmignac, aujourd'hui?

— Oui, mon père, il était à son rang, dans le bataillon.

— Avec son petit protégé, le zouave Brémont?

— Toujours.

Il y eut une pause.

— Ce garçon est impénétrable, — réfléchit tout haut le marquis, — je ne comprends rien à son attitude.

— En connaissez-vous de plus noble, mon père? — demanda Robert, — j'ai connu Gontran, en Italie. C'était un des plus brillants officiers de l'armée pontificale. Au début de la campagne de France, je l'ai retrouvé comme simple soldat sous les drapeaux. Son caractère était modifié; on eût dit un ascète. Mais il se battait comme un preux. Lui et ce petit bonhomme qui ne le quitte pas plus que son ombre, font des prodiges.

— Ce petit Brémont?

— Lui-même, ce petit Brémont.

— En arrivant à Tours, — poursuivit Robert, — les premières personnes que je rencontrai furent Marmignac et Brémont. Je les croyais prisonniers en Allemagne.

« — Tu t'es donc échappé? — demandai-je à Gontran.

« — Oui, — me répondit-il simplement.

« Je croyais qu'il allait reprendre son grade d'officier. Nullement. Je le vis, le lendemain, faisant l'exercice avec les nouveaux volontaires. Le petit Brémont à côté de lui...

— C'est inconcevable.

— Il y a là un mystère que nul n'a pénétré. Mille versions ont couru. Aucune n'est vraisemblable. On disait, entre autres choses, que son protégé était un fils qu'il avait eu d'une princesse romaine. Je te demande si Marmignac, que tu connais, est d'âge à avoir un fils capable de porter les armes?

— Mais enfin, qu'a dit M. de Charette quand ton ami lui a amené cette petite recrue.

— Le colonel connaît Marmignac. —« Il suffit que tu te portes fort de cet enfant, — lui a-t-il dit, — pour que je l'accueille comme un des nôtres. » — Depuis, Marmignac n'a plus quitté Brémont. C'est lui qui prépare la soupe, qui dresse la tente. Une mère ne ferait pas plus pour son fils.

— Je n'en reviens pas, — murmura M. de Picourdan. — Mais toi, n'as-tu aucune idée là-dessus?

— Aucune, mon père. De tout autre, cela me semblerait étrange. De Marmignac, cela me paraît tout naturel. Les camarades pensent comme moi.

12

Ils n'approfondissent pas. Du moment que c'est Gontran, il s'agit d'une belle action.

— Mais ces histoires de princesses romaines... — objecta le marquis, — n'y aurait-il pas quelque chose de vrai ?

— En effet — répondit Robert, — Gontran a inspiré des passions, à Rome... Je ne crois pas qu'il ait répondu à aucune. Il a une nature contemplative qui ne s'est jamais démentie. Je ne lui ai connu, depuis le collége, qu'une inclination pour une femme.

— Pour quelle femme ?

— Oh ! cela remonte bien haut. Pour Héloïse de Cimaure, la fille du voisin que tu détestais tant.

— M. de Cimaure, l'industriel ?

— Précisément.

— Mais sa fille est mariée, depuis longtemps, séparée ensuite, morte enfin, oui vraiment, morte.

— Eh bien ! Gontran, à peine sorti du collége, était amoureux fou de cette personne. Depuis, il n'a pas regardé une seule femme.

— Comment ! — exclama le marquis, — une demoiselle de Cimaure a donc pu faire une aussi profonde impression sur un aussi bon et joli gentilhomme ?

— Un Picourdan, autrefois, en avait bien enlevé une !

— C'est vrai, les femmes sont fort belles, dans cette famille.

Le père et le fils en étaient là de leur conversation, quand un léger bruit se fit entendre à la porte.

— Qui parle des jolies femmes, ici? — demanda quelqu'un qui s'était arrêté sur le seuil.

— C'est le marquis de Picourdan — répondit Robert en riant.

— C'est précisément lui que je cherche! — exclama-t-on. En même temps, on vit s'avancer le père de Willamfort, que le froid avait forcé de ramener sur son visage les plis flottants de son manteau.

— Toi aussi, Robert, — ajouta le jésuite en reconnaissant le lieutenant, — cela se rencontre à merveille. J'ai besoin de toi également.

A la voix du père de Willamfort plusieurs dormeurs avaient relevé la tête.

— C'est vous, père? — avait-on demandé de différents points.

— Oui, oui, c'est moi, mes enfants, — répondit le religieux, — ne vous dérangez pas, je ne fais qu'entrer et sortir.

Puis se reprenant :

—A propos,—insinua-t-il,—êtes-vous tous bien en règle?... C'est demain le grand jour.

— Oui, oui, nous le sommes, — affirmèrent plusieurs voix.

— Eh ! bien, moi je gage, — soupçonna le jésuite, — que le marquis de Picourdan est encore en retard.

— En retard de quoi? — demanda celui-ci, qui avait rallumé sa pipe.

— De s'être confessé, — souligna le prêtre, — en dardant ses petits yeux sur ceux du vieux soldat.

— C'est ma foi vrai, — reconnut celui-ci, — il y a longtemps, en effet, que je n'ai pas été à confesse. Cette pratique-là m'a toujours répugné.

— Je conviens,—dit le jésuite, — qu'il est plus facile de parler de jolies femmes au coin du feu, ou bien encore de déblatérer contre des principes respectables, dont on est, au fond, le plus chaud partisan.

On entendit plusieurs rires.

— Sacré nom d'un...e pipe! — exclama le marquis,— mon cher père, vous me traquez sans cesse comme une bête fauve... je ne suis pourtant pas un huguenot, un mécréant...

Le père de Willamfort avait pris Robert par le bras. De sa main restée libre, il tira le marquis de Picourdan après lui, par la manche, et se dirigea vers la porte.

Une minute après, les deux soldats et le prêtre se trouvaient dans un chemin de traverse couvert de neige et de glace. Au-dessus de leur tête s'ouvrait un ciel étincelant d'étoiles. Au loin, dans la campagne, des bruits tumultueux annonçaient la présence de troupes nombreuses.

— Où allons-nous, mon cher père? — interrogea le marquis, en relevant le collet de sa capote, car la bise était glaciale.

— Vous allez... me servir la messe, — répondit le jésuite, de ce ton qui lui était familier et qui rendait si piquante sa conversation.

— Eh bien! nous vous servirons la messe, — acquiesça le vieux gentilhomme. — Je vous préviens seulement que vous aurez à dire les demandes et les réponses. Je n'ai jamais su le missel par cœur.

Robert de Picourdan riait. Il sentait bien que le religieux ne les aurait pas dérangés, son père et lui, sans un motif plus grave.

— Et qui plus est, — insista le jésuite, — c'est une messe de mariage.

— Une messe de mariage! — exclamèrent à la fois les Picourdan.

— C'est rare par le temps qui court, — observa le marquis; — qui diable, mon cher père, avez-vous donc trouvé à marier, par un froid pareil, et à la

12.

veille d'une bataille dont je ne veux pas augurer,
car, entre nous, vous savez...

— Ah ! c'est à une fête bien extraordinaire, en effet,
que je vous convie, — interrompit le père de Willamfort. — Je vous ferai, il est vrai, grâce de la
messe, mais je vous donne en cent et en mille à
deviner qui je vais marier.

— La cantinière de quelque régiment de ligne !
— trouva le marquis.

— Vous n'y êtes pas, — repartit le prêtre. — C'est
deux zouaves du deuxième bataillon.

— Marier deux zouaves ! — s'écrièrent à la fois
les Picourdan. Et ils s'arrêtèrent instantanément,
cherchant, dans la nuit, à scruter la physionomie
du malin religieux.

Tout à coup, Robert se frappa le front. Il se
pencha à l'oreille du jésuite et lui parla tout bas.

— Robert a deviné, — dit le père de Willamfort
au marquis de Picourdan. — Mon Dieu, oui, il s'a-
git de gens que vous connaissez ! Je n'ai pas besoin
de vous demander le secret le plus profond, le plus
absolu. Au reste, j'en ai le triste pressentiment, ce
secret-là, d'ici peu de jours, vous le devrez à la
tombe.

Le ton empreint d'une certaine solennité sur
lequel ces dernières paroles furent dites fit une
profonde impression.

— Voyons, mon père, — réclama le marquis devenu sérieux, — mettez-nous en quelques mots au courant.

Deux minutes après, le marquis de Picourdan et son fils connaissaient toute la situation : la liaison de Marmignac et de madame Beaugrand, les craintes exagérées, inspirées par les menaces du mari, et la substitution un peu puérile de nom qui, à l'insu de Marmignac, en avait été la conséquence.

J'ajouterai ceci pour le lecteur. Héloïse de Cimaure, devenue Elvire Brémont, s'était, on se le rappelle, trouvée en présence d'une perspective autrement effrayante que celle des vicissitudes passées. Inébranlable dans son point d'honneur militaire, Gontran allait reprendre les armes. Quelles devaient être les conséquences d'une telle détermination pour la jeune femme ? La première de toutes, c'était l'isolement qui la livrait sans défense aux entraînements si redoutables de sa nature. Héloïse, nous continuerons à l'appeler de ce nom, se recueillit longtemps en elle-même. Elle ne doutait pas de l'amour profond, inaltérable de son amant. Mais elle savait aussi qu'un tel homme ne transigerait jamais avec son devoir. La séparation était donc inévitable, à moins toutefois qu'il n'intervînt une de ces résolutions suprêmes qu'une femme ne saurait tenir sans l'aide de Dieu.

Elle pria longtemps et, à mesure qu'elle priait, cette admirable créature, qui avait succombé dans la lutte de la Chair et de l'Ame, se sentit comme transfigurée ; une sainte exaltation remplit son cœur...

C'est en ce moment que Gontran de Marmignac, déjà en tenue de voyage, était entré chez elle pour lui dire :

— Héloïse, je pars. Voici mes dispositions dernières. J'ai vendu ce qui restait de mes biens paternels. Acceptez-en le prix. Cela remplacera, pour vous, la pension que vous faisait votre mari. Sa femme étant civilement morte, M. Beaugrand ne doit rien à Elvire Brémont ; votre fortune personnelle revient, d'ailleurs, à vos héritiers naturels. J'ai dû pourvoir à tout cela. Maintenant, adieu !

— Te quitter ! — s'écria Héloïse, — en repoussant l'or et les billets de banque que le jeune homme avait déposés sur une table. — Te quitter, toi, mon Gontran, mon sauveur ! Oh ! non jamais !... Mieux j'aime mille fois la mort, la mort avec toi, dans tes bras !... Ah ! je remercie le ciel de m'offrir une telle occasion d'expier mes fautes !... Non, jamais je ne te quitterai ! Regarde, me voilà forte, me voilà courageuse... Pars : je pars aussi. Ta maîtresse est désormais ton compagnon d'armes. Je me battrai,

va !... Tu seras content. Je sais ce qu'on doit à
l'honneur d'être soldat de la France et soldat de
Dieu !

En parlant ainsi, Héloïse dont la beauté avait
quelque chose de céleste, dénoua, d'un brusque
mouvement, son opulente chevelure, et, saisissant
des ciseaux, elle en plongea le fer dans les nattes
épaisses qui roulèrent sur le tapis.

—N'est-ce pas que j'ai l'air d'un homme, comme
cela ? — demanda-t-elle à Gontran qui pleurait
d'orgueil et de joie.

Le père de Willamfort avait frappé à la porte
d'une maison de modeste apparence qui était située
au bord du chemin, à une petite distance de Saint-
Péravy.

Un paysan vint ouvrir.

— Les personnes que j'attends sont-elles arrivées ? — demanda le jésuite.

— Oui, monsieur l'abbé, — répondit le villageois.
— Elles sont là tout en haut.

— C'est bien, mon brave, — approuva le religieux, — maintenant, fermez votre porte et lais-
sez-nous. Donnez-moi, seulement, la lampe que
vous tenez ; j'éclairerai ces messieurs pour monter.

Le paysan alla retrouver sa famille, dans une
pièce voisine.

Le jésuite s'arrêta, un instant, au bas de l'escalier.

— Je n'ai pas voulu, — dit-il en se tournant vers
ses compagnons, — que la cérémonie eût lieu à l'é-
glise. Il importait de ne rien laisser s'ébruiter.

— Pardon, mon cher père, — objecta alors le
marquis qui avait paru réfléchir, — sous quel nom
allez-vous marier le plus petit des deux zouaves ?
Son état civil, je ne vous le dissimule pas, me paraît fort compliqué.

— Ce qui le simplifie, j'avais oublié de vous le dire,

— répondit le religieux, — c'est que M. Beaugrand, le mari, vient de mourir subitement à Tours, où il était allé tripoter au sujet de je ne sais quel emprunt du gouvernement. C'est moi qui en ai apporté la nouvelle.

— Voilà qui devient plus simple, en effet — reconnut le marquis.

—Je sais bien,— ajouta le père de Willamfort,— qu'il y a encore des délais légaux, mais ce dont je me préoccupe le plus, c'est de régulariser la situation au point de vue religieux. Si je vous ai prié de m'accompagner, c'est donc pour signer un acte qui sera déposé chez M. le curé de Saint-Péravy. Plus tard, après la guerre, si nos mariés existent encore, on arrangera cela comme on voudra à la mairie. Au reste, la chose sera facile, car le décès de madame Beaugrand, née de Cimaure, étant enregistré, je ne puis marier cette dernière que sous le nom qu'elle a pris d'Elvire Brémont.

— Très-bien, parfait, mon cher père, — approuva le marquis.

Là-dessus le jésuite précéda les Picourdan dans l'escalier, qui était étroit. Ouvrant ensuite une porte, il les introduisit dans une pièce carrée où, pour tout meuble, se trouvait une table placée au milieu.

Un grand feu brillait dans la cheminée. Appuyés

contre cette dernière, debout l'un et l'autre, se tenaient deux zouaves... l'un à la magnifique stature, au visage d'une beauté antique ; l'autre, plus petit de taille, idéalement pris dans les formes, aux traits d'une finesse exquise, qui ne trahissaient nullement la différence de sexe, grâce à un léger duvet estompant la lèvre supérieure. A cet endroit, il y avait même à supposer qu'on avait un peu forcé la nature, à la faveur de certains crayons dont l'emploi est familier aux dames.

Gontran de Marmignac s'était empressé au-devant du marquis et de son ami Robert.

— J'ai bien des excuses à vous faire, — dit-il, — d'être la cause d'un tel dérangement. Le père de Willamfort vous a sans doute fait part du service que nous attendons de vous. Permettez-moi de vous présenter à madame de Marmignac, et de vous la présenter en même temps.

Héloïse, ou plutôt celui qu'on appelait, au deuxième, le petit Brémont, salua sans embarras les deux gentilshommes.

— Monsieur le marquis et vous, mon lieutenant, — dit la jeune femme, — je vous remercie de ce que vous avez bien voulu nous assister en des circonstances aussi solennelles.

— Madame, — répondit le marquis, — il est du devoir de tout gentilhomme de se rendre à l'appel d'une dame, alors surtout qu'elle est un modèle de courage et de dévouement. J'avais déjà beaucoup admiré en vous le soldat ; permettez-moi de présenter mes hommages à l'épouse de celui pour lequel on ne saurait avoir que la plus profonde estime.

En parlant ainsi, M. de Picourdan, avec cette majesté qui lui était familière, avait tendu ses deux mains, l'une à Héloïse, l'autre à Gontran.

Ces derniers répondirent avec effusion à cette marque d'intérêt que Robert renouvela, pour son compte, avec une spontanéité voisine de l'attendrissement.

Pendant ce temps, sous son manteau entr'ouvert, le jésuite avait pris un grand crucifix de cuivre passé à sa ceinture. Tirant ensuite de sa poche un acte dressé à l'avance, il en fit la lecture et le donna à signer.

Durant l'accomplissement de cette formalité, il revêtit un surplis et une étole pour procéder à la célébration sommaire de la cérémonie du mariage.

Les serments et les anneaux furent échangés devant le crucifix, par les deux époux dont le costume uniforme offrait néanmoins un mystérieux constraste.

Puis la voix du prêtre s'élevant, en même temps que sa main prête à bénir, prononça ces paroles :

13

— « Que le Dieu d'Israël vous unisse et soit lui-même avec vous.... Faites, Dieu tout-puissant, que la parole de votre ministre reçoive son accomplissement... Que le Seigneur vous bénisse du haut de la Jérusalem sacrée...

« O Dieu, par qui la femme est unie à l'homme et qui donnez à leur union intime la bénédiction dont le péché originel et la sentence du déluge n'ont pu nous dépouiller, regardez d'un œil favorable votre servante qui implore votre protection. Faites que son joug soit un joug d'amour ; faites que, chaste et fidèle, elle se marie en Jésus-Christ ; qu'elle soit aimable, pour son mari, comme Rachel, sage comme Rebecca, fidèle comme Sara.

« Celui qui a créé l'homme, créa, au commencement, l'homme et la femme. Pour cette raison, l'homme abandonnera son père et sa mère, s'attachera à sa femme, et ils seront tous deux une même chair...

« Que le Dieu d'Abraham, le Dieu d'Isaac, le Dieu de Jacob soit avec vous et qu'il répande en vous sa bénédiction, afin que vous possédiez la vie éternelle, par la grâce de celui qui vit et règne avec le Père et le Saint-Esprit dans les siècles des siècles !...

Trois heures du matin venaient de sonner au clo-
cher de Saint-Péravy-la-Colombe.

Le tumulte redoubla. Le hennissement des chevaux se mêlait aux appels des hommes et au branle-
bas général d'un départ annoncé à la fois par les
clairons, les trompettes et les tambours.

Les premières colonnes de troupes couvrirent
bientôt les voies principales et se répandirent dans
la campagne couverte de neige, en suivant la direction de Patay. Le dix-septième corps, comprenant
les zouaves pontificaux, suivait la marche.

Et, dans la nuit, sur la terre toute blanche, sous
le ciel aux rouges phosphorescences vers lequel
semblaient jaillir, comme autant d'incendies, des
feux lointains à l'horizon, on voyait glisser, formant
des masses noires traversées par l'éclair des sabres
et des baïonnettes, les régiments hâtifs de fantassins
et de cavaliers.

Au loin la terre ébranlée sous ce poids mouvant
de chair et d'acier rendait une plainte monotone,
sorte de rumeur emplissant l'espace et que traver-
saient la note aiguë du commandement, le choc
des armes et le roulement criard des pièces d'artillerie.

On marcha ainsi pendant plusieurs heures, jusqu'au point du jour. On aperçut alors les différentes positions occupées par le gros de l'armée française. En même temps, le canon, sur divers points, fit entendre sa grande voix, auquel répondirent le sinistre gloussement des mitrailleuses et les crépitements de la fusillade. Le général Chanzy venait d'engager la bataille.

Je n'entreprendrai pas de raconter les péripéties d'une lutte, la plus décisive de toutes dans ses résultats. Qu'il me soit seulement permis de rappeler que les Français, après avoir forcé la droite de l'armée allemande se proposaient d'occuper Janville et Toury, localités situées en avant, sur la route même de Paris.

La première attaque força les Allemands à abandonner Loigny et à se retrancher vers Goury et la ferme de Beauvillers où ils furent assaillis, mais vainement.

Mal secondés, écrasés par des forces supérieures, décimés par la mitraille, nos soldats battirent en retraite sur Loigny.

Cet avantage remporté sur la droite de l'armée française, les Allemands dirigèrent toutes leurs forces sur la gauche qui fut entamée à son tour malgré les prodiges de valeur de nos troupes et quelques avantages partiels remportés du côté de Villepion et de Faverolles.

Le dix-septième corps ne fut engagé qu'après ces

échecs successifs, afin de conjurer les désastreux effets d'un mouvement tournant de l'ennemi. En ce moment, des hauteurs de Gommiers, l'artillerie française couvrit les masses allemandes de projectiles, et les refoula vers le nord, après leur avoir fait essuyer des pertes énormes.

Ce qui restait, en ce moment, de troupes de réserve pour reprendre l'offensive n'était malheureusement pas suffisant. Cependant les Prussiens, revenus de leur panique, menaçaient de reprendre Loigny. Rester maîtres de cette position, c'était pour les Français, sinon gagner la bataille, du moins en neutraliser les effets.

Les zouaves pontificaux n'ont pas encore donné.

Arrivés à Patay dès le matin, ils ont ensuite été dirigés sur Gommiers, pour défendre ce village contre le mouvement tournant qui, grâce à l'artillerie, a failli devenir funeste aux Allemands.

— « Tenez-y jusqu'au dernier, » — leur a-t-on dit. — Et ils auraient obéi ponctuellement à cet ordre, sans la retraite précipitée de l'ennemi.

Ils ont donc assisté, dans l'inaction, à cette action gigantesque dont le spectacle magnifique et terrible se déroule à leurs yeux, dans la plaine.

Aussi loin que la vue peut s'étendre, on aperçoit sous un dôme incandescent de fumée opaque qui monte lourdement vers le ciel, des phalanges entières qui s'avancent ou reculent, qui s'élancent ou hésitent, et que la mitraille chasse, plie, écharpe, couche, broie, ainsi que la grêle fait d'un champ de blé mûr, à la veille de la moisson.

Sur ces lambeaux humains où les vivants se relèvent comme une vague sur l'Océan, s'abattent des nuées de cavaliers, semblables à des soldats fantômes, dont les escadrons vertigineux tourbillonnent, se répandent et se mêlent, se confondent et se brisent, se concentrent et se dispersent sous le fouet des balles, des biscaïens, des obus et des boulets. Et la terre tremble et le sol déchiré, creusé, s'abreuve

de sang, se jonche de membres qui palpitent, de
blessés qui rugissent ou pleurent, qui blasphèment
ou prient, de cadavres informes à moitié ensevelis
déjà dans les fanges immondes, pétries par la mêlée !

Et les zouaves pontificaux attendent fébrilement
leur tour de figurer, eux aussi, dans cette kermesse
de la mort. Les armes en faisceaux, pensifs ou
souriants, frappant du pied contre le froid intense,
ils n'attendent qu'un ordre, qu'un signal.

Parmi eux, des groupes divers se forment et
l'incertitude double l'impatience et l'anxiété.

Un peu à l'écart, on aperçoit Gontran de Marmignac et le zouave Brémont. Ils semblent l'un et
l'autre étrangers aux péripéties de la lutte. Une
auréole sereine les environne, éclaire leur front ;
un apaisement céleste se lit sur leur visage.

Ici, un prêtre et plusieurs officiers ou soldats
s'entretiennent familièrement. Le prêtre, c'est le
père de Willamfort. Parmi les officiers, un zouave
à barbe blanche : le marquis de Picourdan.

— Mon cher père, — dit ce dernier, — je regrette
vraiment que la journée soit perdue pour vous et
pour nous. Il me semble que vous auriez fait une
fameuse récolte de jeunes élus. Maintenant il est
bien tard, et....

— Attendez, — répondit le jésuite, — les ouvriers de la dernière heure ne sont pas toujours les plus épargnés.

— Que ne nous appelle-t-on ! — s'écrièrent plusieurs voix.

— Mon Dieu, — ajouta M. de Picourdan, — je ne sais pas au juste ce qui se passe, mais la journée me semble à peu près finie. Malheureusement, elle n'a rien de décisif, puisque nous restons à la même place. Les Français, il est vrai, paraissent se maintenir à Loigny... Seulement, que ferons-nous demain ? Toutes les troupes, à part nous, ont été engagées. Une nouvelle initiative me paraît devenir impossible... Je l'avais bien prédit ce matin. La partie était pourtant belle ! Trop de confiance et pas assez de canons.... Vous voyez, ce soir, ce qu'ont fait les canons. Il aurait fallu commencer par là, ce matin.

— Incorrigible, ce cher marquis ! — ne put s'empêcher de dire le jésuite.

— Moi, — riposta M. de Picourdan, — je dis ce que je pense, et vous autres, les Jésuites, on assure que vous ne le dites pas.

Cette boutade eut un succès d'hilarité que partagea, d'ailleurs, le père de Willamfort.

Aussi le marquis, encouragé, continua.

— Étant faits pour confesser, l'habitude que vous avez de garder le silence sur les péchés d'autrui, vous porte à le garder également sur vos défauts professionnels, je ne dis pas sur ceux qui vous sont propres, mon cher père, je ne vous en connais pas.

— Oh! je dois en avoir, moi aussi, — avoua le jésuite, — mais, comme vous le dites, nous sommes faits pour confesser, et, si je suis ici, ce n'est pas tant pour les braves jeunes gens qui m'entourent, ils ont tous remplis leur devoirs religieux, mais pour vous, que je vais être obligé d'accompagner au feu, parce que vous êtes un récalcitrant, un endurci...

— Un païen! — ne mâchez pas le mot, — s'écria le marquis.

— Parbleu! — rit de nouveau le prêtre, — je ne connais pas d'expression plus douce.

— Ce qui ne me rassure pas en tout ceci, — rit encore plus fort le vieux gentilhomme, — c'est que s'il m'arrivait, par malheur, d'être ainsi cause de votre mort, vous ne manqueriez pas dans l'autre monde, où vous avez mille aboutissants, de me faire payer au cher denier, le bien que vous auriez perdu.

Ici, le jésuite redevint sérieux.

— Vous vous trompez, mon cher marquis, — dit-il, — ma mort ne vous coûterait rien. Et

13.

cela, pour l'excellente raison que les Jésuites ne
meurent pas. Ils sont incarnés dans leur œuvre,
et leur œuvre est impérissable. Des individus peuvent s'éteindre et disparaître autour de ce grand
travail incessant, immuable. Le but est immortel,
c'est la prédominance de Dieu. Ce qui cause
votre infériorité, à vous autres gens du monde,
c'est que vos ambitions se meuvent dans le cadre
des passions humaines. Les nôtres se meuvent
dans le cadre des passions divines. Vous frappez
avec l'épée ; nous frappons avec le crucifix. Vous
êtes charnels ; nous sommes chastes. Vous perdez
une bataille et vous ne vous en relevez pas. Nous
autres, on nous anéantirait dix fois, dix fois nous
renaîtrions de nos cendres et la revanche n'en
serait que plus certaine et plus belle. Vous voyez,
si je dois avoir peur des balles qui vous tuent... A
moi, elles ne me font rien !

La manière dont le religieux prononça ces dernières paroles, causa comme un frémissement, parmi
les personnes qui les entendirent. On comprenait
ce que des hommes trempés de la sorte peuvent en-
treprendre en ce monde et de quelle puissance est
le levier que leur volonté fait mouvoir.

L'arrivée soudaine d'un général à la tête de son état-major fit une diversion violente à la conversation que nous venons d'entendre.

Immédiatement, la nouvelle courut que les Prussiens avaient forcé Loigny et qu'on allait tâcher de reprendre cette position.

Le général qu'on venait de voir n'était autre que le général de Sonis. Vainement il avait essayé d'entraîner les troupes qu'il avait rencontrées sur son passage. Malgré les efforts des officiers, les soldats avaient refusé de marcher. C'est à peine si le général pouvait compter sur un régiment de mobiles, deux compagnies de francs-tireurs et une batterie.

Restaient, il est vrai, les zouaves et, certes, ceux-là ne devaient pas faire défaut.

— On refuse de me suivre, — avait dit le général de Sonis au colonel de Charette, — venez... montrons ce que peuvent des chrétiens et des hommes de cœur !

Quelques minutes après les zouaves pontificaux marchaient vers le théâtre de la lutte, au cri de : « Vive la France ! Vive Pie IX ! En avant ! »

Ils étaient bien peu nombreux, les hommes qu'avait recrutés le général de Sonis dans les lambeaux de son dix-septième corps si péniblement amassé. Aussi une expression violente et désespérée se lisait sur les traits de cet homme de guerre, marchant à la tête de ces troupes dépareillées, avant-garde à peine suffisante de troupes démoralisées, qu'on retrouvait pêle-mêle, buttées à tous les accidents de terrain, n'attendant même plus le signal de la retraite pour se répandre dans la campagne, en rebroussant chemin par devers Orléans.

Et le désespoir ainsi que le dégoût mordaient au cœur le général abandonné qui n'avait désormais aucun espoir dans la victoire. Mais, à la mort ou à la chute d'un homme semblable, professant cette sainte folie de l'épée qui est la Providence du soldat, il fallait une scène soudainement éclairée par le rayonnement superbe des grands sacrifices et des hécatombes fumantes...

Les zouaves marchaient avec cet élan des gens qui se séparent de la terre et vont au ciel cueillir la palme des récompenses promises.

A leur cri de guerre qui arrivait jusqu'à lui, M. de Sonis sentit insensiblement son cœur s'alléger.

— Allons, — dit-il, — le sort en est jeté. Mieux vaut mourir avec ces braves.

La plaine où commençait à se répandre l'ombre du jour qui décline s'étendait à perte de vue, par delà Loigny où la bataille durait encore. Les masses prussiennes étaient concentrées là tout autour, jusqu'en avant d'un petit bois dont la lisière sombre tranchait comme un crêpe noir sur l'aspect uniforme et le sol crayeux de la plaine.

Et l'on avançait toujours. Déjà le canon ennemi avait salué sans l'atteindre cette petite troupe de tirailleurs : des mobiles à droite, des francs-tireurs à gauche, les zouaves au milieu, leur colonel en tête, calme, impassible, souriant, comme un héros de légende qui chevauche, le soir, dans les nuées.

Parmi cet essaim d'hommes que la valeur idéalise, il en est un que les liens terrestres sollicitent pourtant encore. C'est le marquis de Picourdan.

Sous prétexte qu'il veut mourir, le cas échéant, en bonne compagnie, il a trouvé le moyen de se ranger tout à côté du petit zouave Brémont et de Marmignac. Ces derniers vont au feu comme à une fête. Silencieux, ils échangent parfois un regard chargé de tendresses, pour hâter ensuite le pas.

— Sacrebleu ! — s'indigne le marquis à voix basse, en se penchant du côté du petit Brémont. — Ne voyez-vous pas, chère madame, que nous allons

tous être tués. Que voulez-vous que nous fassions
contre une armée entière ?

— Monsieur le marquis, — fait observer la jeune
femme, — nous ne sommes pas ici pour commander, mais bien pour obéir.

— Tout cela est bel et bon, — murmure le vieux
gentilhomme, en ramenant sa ceinture qui représente tout un arsenal de révolvers. — Mais, en définitive, c'est le parti légitimiste qu'on force ainsi
à disparaître. Je ne parle pas pour moi, je ne suis
plus qu'un vieillard. Mais tous ces jeunes halluci-
nés... En vérité, c'est trop bête !...

Le marquis se retourna vivement, on venait de
lui prendre le bras.

— Ah ! c'est vous, mon cher père, — s'écria-t-
il, en reconnaissant le jésuite ! — je désespérais de
vous voir.

— J'ai été retenu quelques instants, — dit le
père de Willamfort, — auprès de deux officiers
généraux qui m'avaient mandé. Mais, à présent,
me voilà... je suis tout à vous.

— Ah ! vous avez été mandé, — ricana le marquis. — Eh bien ! si c'est vous qui avez conseillé
cette promenade militaire, vous pouvez vous van-
ter d'avoir fait une fameuse besogne !

Une épouvantable décharge de l'ennemi, sur la

petite troupe, avait couvert ces paroles. Plusieurs hommes tombèrent.

— N'avez-vous rien de plus à me dire? demanda le jésuite au vieux gentilhomme, qui ramenait sa cartouchière pour l'avoir mieux sous sa main.

— Que voulez-vous que je vous dise? — s'emporta celui-ci, — il n'y a plus moyen de s'entendre.

Les cris:« Vive la France! Vive Pie IX! En avant! » redoublèrent.

Le père de Willamfort se découvrit la tête, jeta son manteau, et, tirant son crucifix, il s'élança avec les zouaves à l'assaut du petit bois, un peu en avant de Loigny, d'où étaient partis les premiers coups.

Ici, la plume est impuissante à rapporter l'épouvantable scène qui suivit, lorsque zouaves, mobiles, francs-tireurs, déjà fort maltraités, abordèrent ce bois qui était une défense naturelle pour les Allemands.

L'explosion de cette rencontre fut comme celle d'une poudrière qui saute. La cime fracassée des arbres volait avec les projectiles de toutes sortes, jonchant le sol déjà jonché de cadavres.

Les Allemands, qui ne s'attendaient pas à un

choc aussi irrésistible, perdirent bientôt du terrain.
Alors commença un carnage épouvantable. Les
morts et les blessés, le sang répandu à flots, la
cépée détruite, les troncs d'arbres projetés en éclats
changèrent cet espace en un théâtre de désola-
tion, d'épouvante et d'horreur.

Les zouaves frappaient, déchiraient, tuaient et
n'avaient plus rien d'humain. On se battait désormais à l'arme blanche, corps à corps, pied à
pied. Plus les masses ennemies opposaient de résistance, plus la tuerie devenait grande. Les âcres
senteurs du sang et de la poudre avaient changé en
délire la furie des assaillants. Jamais on ne vit pareille tempête de colères humaines. Les soldats du
Pape attaquaient comme des lions, et s'acharnaient
comme des tigres.

Malgré leur nombre infiniment supérieur, les
Allemands ne pouvaient résister à un élan qui les
débordait comme un torrent, comme une lave. Ils
rompirent d'abord jusqu'à la lisière du bois, puis,
jetant leurs armes, ils s'enfuirent en poussant des
cris de détresse dans la direction de Loigny, où se
trouvait concentré le gros de leur armée.

Rien ne pouvait arrêter les zouaves qui s'élan-
cèrent de nouveau à la poursuite des fuyards,

franchirent l'espace qui les séparait des principales lignes ennemies, retranchées derrière les clôtures des jardins ou barricadées dans les maisons.

Nous n'avons pas à rappeler ici les prodiges de valeur d'une poignée de braves, qui, par trois fois, se heurtèrent vainement contre le mur d'airain qu'une armée entière, étonnée de tant de bravoure et de témérité, leur opposa. Il fallut battre en retraite, retraite désastreuse, où l'on vit tomber tant de vieux noms et de jeunes héros !

Le sort de la bataille est, une fois de plus, favorable aux Prussiens.

La rage au cœur, les quelques zouaves qui survivent ont regagné le bois, funèbre témoin de leur premier exploit.

Ils se comptent, et c'est grande pitié de voir tous ceux qui manquent; que de deuils! que de larmes!

Quelques-uns accourent encore chassés par les balles et l'ennemi.

Il ne faut même pas songer à emporter les morts, à relever les blessés...

Et les zouaves se retirent un à un, groupe par groupe, envoyant un dernier adieu à ceux qui ne reviendront pas. . . . . . . . . . . .

. . . . . . . . . . . . . . .

Mais qui sont ces spectres qui se dressent, tout à coup, sur la lisière du bois fatal, et dont l'attitude affirme une dernière résistance?

Les Prussiens, auxquels de telles victoires coûtent plus cher que les défaites, ne s'acharnent que mollement après leurs terribles ennemis. Le plus grand nombre a déjà cessé toute poursuite. C'est à peine si les plus ardents à la curée se laissent entraîner encore.

— A chacun le nôtre, — murmure une voix.

Trois coups de feu se font entendre. Trois Allemands tombent.

— Recommençons, — dit la même voix.

Autant de coups, autant de morts.

Et la même voix reprend :

— Attention! on va tirer.

Une volée de balles s'abat tout autour.

— Manqué! — ricane la voix. — A nous maintenant.

Trois victimes de plus.

On entend des imprécations terribles. Une nouvelle décharge des Allemands frappe dans la vide.

— Recommençons, — ricane toujours la même voix.

Et l'on recommence.

Puis cette voix qui commande, reprend :

— Gagnons la clairière du bois, à côté. Nous nous y retrancherons de notre mieux.

Et l'on voit glisser comme des ombres ces combattants que les balles semblent ne pouvoir plus atteindre.

Ils sont pourtant en chair et en os, tout comme les autres qui ne sont plus. Leurs vêtements en

lambeaux et des linges sanglants qu'ils portent
noués aux bras et aux jambes l'attestent.

Ils sont quatre. Trois que vous reconnaissez :
le marquis de Picourdan, Gontran de Marmignac
et le petit Brémont.

Le quatrième : le père de Willamfort.

A la clairière, un accident de terrain prolongé
par les broussailles mettait les Français hors la
vue de l'ennemi.

— Éloignez-vous, mon père, ainsi que vous, monsieur le marquis, — dit Gontran, celui qui tout à
l'heure commandait le feu, — moi, je reste ici avec
madame de Marmignac; nos blessures ne nous
permettent pas d'aller plus loin.

En effet, Héloïse paraissait épuisée par la perte
de son sang.

— Vous quitter ! — s'écria le marquis, — ne
suis-je pas blessé aussi ! C'est bon pour le père de
Willamfort qui a été épargné, bien qu'il ne se
soit pas épargné lui-même. Tudieu ! quels soldats
vous feriez, vous autres, les Jésuites, si l'on vous
mettait le fusil à la main !

Le religieux sourit.

— Je reste, — dit-il, — ma place est auprès de

vous. Mon devoir m'interdit de me battre, mais il m'ordonne de vous assister.

Le marquis lui serra chaleureusement la main et se tournant vers ses compagnons d'armes :

— Marmignac et vous, madame, — ajouta-t-il, — le souvenir de votre belle conduite ferait l'enthousiasme de mes vieux jours, si un sort commun ne nous attendait ici.

L'expression farouche du visage de Marmignac se radoucit. Sa majestueuse beauté resplendit encore une fois.

— Eh bien ! monsieur le marquis, — exclama le zouave, — puisqu'il en est ainsi, embrassons-nous et mourons !

Ils se pressèrent avec attendrissement dans les bras l'un de l'autre.

— Mourons ! — répéta le gentilhomme.

— Mourons ! — redit Héloïse.

Et s'approchant du marquis :

— Embrassez-moi aussi, monsieur, — ajouta-t-elle. — Le baiser d'un homme tel que vous est un présage de miséricorde et de pardon.

— De grand cœur, chère enfant, — murmura le vieillard, en étreignant la jeune femme, — c'est avec la tendresse d'un père et le respect qu'on doit à une sainte.

Se tournant ensuite vers le jésuite :

— Maintenant, mon cher abbé, — dit-il allègrement, — voulez-vous être assez bon pour me confesser ?...

— C'est inutile, monsieur le marquis, — répondit le prêtre. — Recueillez-vous... Dieu, par mon ministère, vous envoie l'absolution de vos fautes.

Le gentilhomme s'inclina et le religieux éleva sur lui son crucifix.

En ce moment, des coups de feu retentirent, et quelques Prussiens, plus acharnés que le grand nombre, pénétrèrent dans le bois.

Les trois zouaves avaient rechargé leurs armes et s'étaient postés à genoux contre le pli de terrain dominant la clairière.

De là, ils pouvaient suivre sans être vus les mouvements de l'ennemi.

Debout, à côté, le père de Willamfort s'était mis en prière.

Tout autour, en monceaux, les cadavres formaient de larges taches noires, marbrées de visages convulsés et rigides. De différents côtés, s'élevait la plainte aiguë des blessés ou le râle sourd des mourants.

Une minute s'écoula.

On entendait crier les branches d'arbres sous les pas des Prussiens.

Quatre se présentèrent d'abord, à vingt mètres de distance à peine.

Les fusils des trois zouaves se levèrent à la fois. On n'entendit qu'une détonation. Trois hommes tombèrent. Le survivant voulut fuir, mais un nouveau coup de fusil de Gontran l'atteignit entre les deux épaules. Il tourna sur lui-même et tomba à la renverse comme foudroyé..

Les Prussiens qui, dispersés en tirailleurs, ne pouvaient préciser d'où partaient les coups, firent plusieurs décharges successives dans la direction de la clairière. Les balles ricochèrent sur le sol avec de longs gémissements.

Les Français ne répondirent pas.

Au nombre d'une quinzaine, les Allemands commencèrent alors une sorte de battue. En même temps, des hauteurs de Loigny, quelques bombes à pétrole cinglèrent l'espace et répandirent leur rouge clarté dans les profondeurs du bois.

Gontran épiait chaque mouvement de l'ennemi. Chaque fois qu'un traqueur passait à portée, c'en était fait de lui.

Malheureusement, les cartouches allaient manquer. Les trois zouaves venaient de recharger une dernière fois leur fusil. Restaient à peine quelques balles de révolver.

Et cependant le cercle se rétrécissait autour de ces glorieux vaincus. Les Prussiens, il est vrai, n'avançaient qu'avec précaution, ignorant le nombre des Français.

On entendait la voix d'un officier plus acharné que les autres.

— Tue! Tue! — criait-il d'une voix enrouée.
— Tue! Tue! — répétait-on, après lui.

Les dernières victimes ennemies tombèrent à quelques pas de nos braves. La dernière cartouche de chassepot était brûlée.


— Mon Dieu, ayez pitié de nous! — soupira le père de Willamfort qui disait son bréviaire à voix basse, en l'entrecoupant d'invocations.


Un pas résonna sur le sol de la clairière. C'était l'officier prussien qui, le pistolet au poing, marchait droit aux Français.

A sa vue, Gontran se dressa.

Deux coups de révolver partirent à la fois.

Nul n'atteignit le but.

— A mon tour, — dit Héloïse, — et elle alla presser la détente.... Marmignac ne lui en laissa pas le temps.

Au mépris des atroces douleurs qu'il devait ressentir, il avait bondi jusqu'à l'officier.

Deux pistolets se croisèrent, presque à bout portant.

Une balle, qui ne fit qu'effleurer, déchira la joue de Gontran. Le coup de ce dernier n'était pas parti.

Le zouave saisit la main de l'Allemand pour lui arracher son arme.

Celui-ci, de sa main restée libre, saisit son sabre.

Mais il ne put le tirer du fourreau, Marmignac l'en empêcha.

Un violent effort pour se dégager, amena une lutte implacable, mortelle. Deux corps n'en faisant qu'un roulèrent sur le sol.

Le marquis de Picourdan et le petit Brémont n'avaient pu tirer, de crainte de frapper Gontran.

Ils s'avancèrent à découvert au centre de la clairière.

— Tue! Tue! — criaient les Prussiens dont plu-émergeaient déjà des touffes de broussailles.

Le petit Brémont et M. de Picourdan les continrent, un instant, à coups de révolver.

Et la lutte continuait entre Gontran et l'officier. Tantôt dessus, tantôt dessous, l'un et l'autre, on entendait le sifflement de leur respiration entrecoupée de hoquets et d'imprécations.

Leurs bras se nouaient avec un craquement funè· bre. Leurs jambes s'entrelaçaient. Ils se mordaient avec fureur et leurs pieds labouraient le sol.

— Tue! Tue! — criaient toujours les Prussiens accourus.

14

Un cri guttural suivi d'un râle épouvantable se fit entendre.

Marmignac se releva avec peine et tout chancelant encore.

— Je l'ai étranglé, — dit-il en montrant le cadavre de son adversaire.

Héloïse se jeta dans les bras de son mari.

— Prenez garde ! — avertit M. de Picourdan.

Il était trop tard.

Un Prussien, faisant soudain irruption dans la clairière, avait tiré sur les deux zouaves étroitement embrassés.

Ils tombèrent dans les bras l'un de l'autre bouche contre bouche.

Le père de Willamfort s'était élancé pour les secourir.

Il ne trouva que deux cadavres.

— Voilà pour toi ! — s'écriait en même temps le marquis.

Il avait étendu l'Allemand roide mort, aux pieds de ses victimes.

De nouveaux coups de feu retentirent. M. de Picourdan porta vivement la main à sa poitrine.

Cette fois !... — exclama-t-il, — un flot de sang ne lui permit pas d'achever.

Le jésuite le retint comme il allait tomber.

La fusillade redoubla.

Puis on entendit :

— Vive la France ! Vive Pie IX !

Et des voix amies appelèrent :

— *Picourdan ! Picourdan ! Marmignac !*

— Par ici ! répondit le jésuite.

C'étaient Robert et quelques braves déterminés, revenus sur leurs pas, pour dégager le marquis et ses compagnons.


A la vue de son père expirant que le prêtre tenait à demi couché contre une aspérité de terrain, Robert de Picourdan eut un cri de douleur.

Le vieux gentilhomme le reconnut et une grande joie se peignit sur son visage.

—Tu diras à ta mère, — dit-il en s'interrompant à chaque mot, — tu diras... que je meurs digne de sa constante affection, et du nom que je te lègue....


Il y eut un silence durant lequel, de la main et du regard, le marquis exprima sa gratitude aux camarades de Robert.

Faisant ensuite un mouvement, il se tourna vers les cadavres enlacés de Gontran et d'Héloïse.

— Tous deux... murmura-t-il en s'adressant à son fils. — Pauvres enfants!.. Nobles cœurs! Tant de jeune sang... inutile... Et la France....

Le père de Willamfort se pencha sur lui.

— Allez à Dieu, monsieur le marquis, — dit-il, — vous lui parlerez de nos tristesses et de nos malheurs.

Il eut un signe d'assentiment. Son regard se porta, encore une fois, sur son fils, et son âme apaisée alla rejoindre les âmes envolées naguère au sein des joies infinies, dans un dernier baiser.

La nuit s'étendait en même temps, comme un dais de velours noir semé de larmes d'argent, sur le champ du nouveau désastre qui livrait la France à l'Invasion, Paris à la Famine.

FIN.

Clichy. — Impr. PAUL DUPONT, 12, rue du Bac-d'Asnières. (1771, 77.)